Blessures profondes
Dans l'intimité de Julien

Andréas Phelizon

Blessures profondes
Dans l'intimité de Julien

Roman

LE LYS BLEU
ÉDITIONS

ISBN : 979-10-377-6695-3

Pour ma famille, mes amis…

J'aurais aimé que beaucoup de choses se passent d'une manière différente, mais on ne peut pas tout choisir dans la vie, le seul choix c'est d'aller de l'avant et de ne jamais abandonner !

P. Tuccillo

Remerciements

Avec la collaboration de Laëtitia Marquet

<u>Relecture/Correction</u>

Dominique Determ

Laëtitia Marquet

Marie-Pierre Paget

Virginie Mathieu

<u>Chapitre</u>

Anastasia Dupre

<u>Illustrations</u>

Charlène Henry/Marine Henry/Dylan Henry

<u>Photographe</u>

Delphine Grim Photographie

<u>Soutien</u>

Claudy Blanche Drouin

Christopher Etienne

Préface

Ce livre est un message. J'ai souhaité laisser une trace sur papier de mes engagements, de mon histoire car je sais que la mémoire est quelque chose de provisoire.

Écrire était pour moi un défi !

Passionné dans tout ce que j'entreprends, je suis heureux d'avoir pu aller au bout de mes rêves.

J'ai un parcours atypique mais je suis très fier de tout ce que j'ai entrepris jusqu'à ce jour.

Ce livre est en grande partie autobiographique : vous livrer mon parcours me tenait à cœur.

Mais « Blessures profondes » n'est pas seulement un titre, c'est aussi tout ce que j'ai pu ressentir durant une période de ma vie.

J'ai tout simplement mis des mots sur des maux, je voulais faire partager ma chute et ma renaissance, je voulais prouver qu'avec de l'espoir et de la volonté tout était possible. La vie peut nous réserver de belles surprises même lorsque tout semble perdu !

En écrivant ces mots, je pensais surtout à mes amis et à ma famille : ils étaient la force de mon inspiration et c'est grâce à eux que je suis arrivé au bout de ce roman.

J'ai fait beaucoup de rencontres dans ma vie et certaines personnes resteront à jamais gravées dans mon cœur. J'ai une pensée toute particulière pour Dominique DETERM, une amie qui m'a accompagné sur une période de ma vie. Je ne la remercierai jamais assez de sa confiance. Mon amie et tatoueuse Audrey a gravé mon histoire sur une bonne partie de mon corps. Tous ses dessins résument un peu « l'intimité de Julien ».

Je tenais à exprimer ma reconnaissance envers les amis qui m'ont encouragé et soutenu lors de la réalisation de cet ouvrage (Laëtitia, Marie-Pierre, Virginie, Anastasia, Charlène, Dominique, Marine, Delphine, Claudy, Dylan).

Il ne faut jamais rien oublier et marcher la tête haute.

Je vous souhaite une bonne lecture.

Amicales pensées,

Andréas Phelizon

Chapitre 1
D'où je viens ?

De mes pas d'enfant, je suis devenu un homme grand.

Je suis né à Châlons-sur-Marne, le mardi 09 juillet 1985, à 14 h 10 précisément. Je m'appelle Julien, j'ai eu la chance d'ouvrir les yeux dans un magnifique château, transformé en maternité à l'époque. Je ne suis pas un petit prince, mais dans les yeux de mes parents, c'est tout comme. Je suis alors devenu un jeune Châlonnais.

Je viens d'une famille aimante. Troisième et benjamin de la famille, j'ai grandi aux côtés d'un frère et d'une sœur. Nous avons été élevés et éduqués par nos parents Fabrice et Anne. Nous habitions dans une magnifique maison dans un quartier résidentiel calme.

Mes parents étaient tous les deux dans la fonction publique. Ils étaient fonctionnaires de police dans cette ville préfecture et étaient également engagés dans la vie associative du bassin châlonnais.

J'ai eu la chance de connaître mes quatre grands-parents. Ils me gardaient souvent, particulièrement les mercredis et certains week-ends. Ils m'ont beaucoup appris. J'adorais passer des moments avec eux. Mon grand-père et ma grand-mère paternels louaient une parcelle de terrain et c'est grâce à eux que j'ai découvert le jardinage, devenu une véritable passion au fil des ans.

Nous passions des week-ends entiers à jardiner ensemble, c'était une vraie joie de récolter le fruit de notre labeur. Ma passion du jardinage vient de là, et c'est tellement appréciable de manger notre récolte ! Ils avaient travaillé dur jusqu'à leur retraite ; mon grand-père était menuisier et ma grand-mère agent d'entretien. Ils étaient très heureux de retrouver leurs petits enfants dès que cela était possible. Nous avions beaucoup de moments de complicité, de fous rires, de partages. Je me souviens avec nostalgie du temps où mon grand-père nous faisait des gaufres au moment du goûter. Je n'ai jamais retrouvé leur goût unique.

J'ai très peu connu mon grand-père maternel. Il a passé une partie de sa carrière en tant que CRS à Troyes, il était fier de nous dire que ma mère était née à la caserne. Il nous racontait beaucoup d'anecdotes sur son travail. À son arrivée à Châlons-sur-Marne, il a créé l'association des policiers châlonnais, qui a été reprise par la suite par mon père et ma mère. Il a donné sa vie pour les autres, une histoire de famille… Il a été touché par la maladie et ce maudit crabe a fini par l'emporter.

Ma grand-mère maternelle était couturière puis mère au foyer, comme beaucoup de femmes à cette époque pour élever ses trois enfants. Ce que je retiendrai au plus profond de moi de mes grands-parents, c'est leur bienveillance, leur gentillesse, leur rigueur. Malheureusement, ma grand-mère n'a pas supporté la solitude lorsque son mari est parti et elle l'a rejoint assez vite.

Mon père était fils unique, ma mère avait deux frères Roger et Fabien. Mes oncles sont restés célibataires et à mon grand désarroi, je n'ai jamais eu de cousins. Notre famille n'était pas très grande, mais pour nous, elle était sacrée. Nous étions tous très liés, et passions toutes les fêtes ensemble.

Mon oncle Roger était garagiste dans un grand groupe français tandis que Fabien était comptable dans un magasin de bricolage. Ils avaient une passion pour les fouilles archéologiques et pour les musées parisiens.

Dès que l'occasion se présentait, mes parents nous emmenaient faire une balade aux Jards. À Châlons-sur-Marne, devenu par la suite Châlons-en-Champagne, nous avons la chance d'avoir trois Jards, deux de style Napoléon III et un jardin à la française. Cette commune est entourée par deux canaux qui apportent un cadre apaisant et propice à l'évasion. Rien de mieux, quand on est jeune, que de s'évader au grand air. C'est une très belle ville. Avec le temps, j'allais comprendre que cette ville m'accompagnerait tout au long de ma vie. Elle m'a beaucoup apporté et je pense que je lui ai bien rendu.

Mes parents étant très pris par leur travail, j'allais souvent chez ma voisine qui était ma nourrice. Le fait d'avoir ma nourrice à côté de chez moi était très pratique et me permettait d'avoir des points de repère. J'ai toujours été un enfant solitaire, timide, j'avais beaucoup de mal à aller vers les autres. J'accompagnais souvent son mari jusqu'à son jardin et j'étais fier de lui montrer ce que je savais faire grâce à mes grands-parents. La coïncidence voulait que son terrain soit voisin du verger de mes parents. En effet, mes parents ont voulu investir dans un terrain de 40 ares avec énormément d'arbres fruitiers. Nous allions souvent passer du temps là-bas pour notre bien-être et afin d'être en contact avec la nature.

Durant toute ma jeunesse, la période que je préférais, c'était le mois de décembre. La féerie de Noël m'a toujours fait rêver. Dans notre famille, les fêtes de fin d'année sont vraiment une tradition. Toute ma famille se rassemblait lors des trois repas. Je n'ai jamais eu à me plaindre, j'ai toujours été gâté. Chaque année, une vingtaine de cadeaux m'attendaient et j'avais toujours ma grosse chaussette suspendue près du sapin. Elle contenait des chocolats ainsi que des clémentines. Certaines années, nous assistions à la messe de minuit. C'était à chaque fois un moment solennel. J'aimais beaucoup cette veillée de Noël accompagnée de chants, musiques et orgues. Dans notre famille, nous sommes croyants mais peu pratiquants, j'ai été baptisé et j'ai eu la chance de faire ma communion. Afin de la célébrer en famille et entre amis, mes parents avaient loué une salle appartenant à l'un de leurs collègues dans un village. Je me souviendrai toujours de cette salle, avec son centre équestre accolé. On s'y sentait bien.

Durant trois ans, j'ai été enfant de chœur, dans l'église de mon quartier. C'était un plaisir de participer aux processions, je trouvais intéressant d'aider le prêtre lors des célébrations.

Avec mes parents, nous sortions dès que l'occasion se présentait… Il y avait souvent des manifestations, des spectacles, et j'étais avide de découvrir de nouvelles choses. Nous avons la chance que notre ville soit la capitale du cirque et, dès mon plus jeune âge, j'ai été attiré par les « Furies », c'est un festival de théâtre et de cirque déambulant dans les rues. En été, certains soirs, nous assistions aux concerts proposés par la municipalité. J'étais admiratif, j'avais des étoiles plein les yeux. C'est à ce moment-là que j'ai commencé à découvrir le monde de la scène.

Aussi, je n'aurai manqué pour rien au monde la foire agricole et commerciale qui a lieu tous les ans à Châlons-en-Champagne, l'une des plus grandes foires de France créée en 1947. Avec mes parents, c'était un rituel et nous flânions dans les allées. Je prenais plaisir à monter dans les tracteurs ou dans les chars militaires, à caresser les animaux de la ferme, à déguster des churros ou des barbes à papa. Il y avait également des spectacles et, pour moi, c'était un pur bonheur de partager tout ça en famille. Je ne les remercierai jamais assez de m'avoir fait découvrir toutes ces choses.

Grâce à mes parents, j'ai fréquenté très jeune le milieu de la Police nationale. Ma mère était secrétaire et mon père gardien de la paix. L'uniforme m'attirait beaucoup, peut-être parce que j'avais l'habitude d'en voir à la maison. Quelle fierté lorsque ma mère m'emmenait avec elle au commissariat ! J'étais en territoire conquis, je connaissais la majorité des collègues de mes parents car ceux-ci venaient souvent à la maison. J'ai toujours eu un immense respect pour les forces de l'ordre. Ils sont mobilisés sur tous les fronts et risquent quotidiennement leur vie pour les autres.

Quand mon père était de permanence, je passais des heures à faire des dessins dans son bureau ou à jouer dans le local de l'amicale des policiers. Parfois, il montait la garde devant la préfecture ou le tribunal, j'en profitais alors pour aller le voir.

Le seul point négatif, c'était de voir partir mon père le soir après le repas afin qu'il puisse prendre son service. Il a travaillé de nuit quelques années, j'aurais préféré qu'il soit à mes côtés pour m'endormir.

C'était un plaisir pour moi de circuler librement dans le commissariat, je le connaissais par cœur. J'aimais découvrir les coulisses d'un poste de police (le chef de poste, les pistes de tirs, le garage avec tous les véhicules…) Ce que j'aimais le plus, comme la plupart des enfants, c'était les petites balades dans les véhicules de police avec les gyrophares. J'étais heureux, j'avais l'impression d'être fort, d'être un héros. Mon père me parlait passionnément de ses interventions sans rentrer dans les détails, il était tenu par le secret professionnel, tandis que ma mère était toujours fière de nous raconter la fois où elle avait joué le rôle de la victime dans une reconstitution de scène de crime. Elle avait des photos de cette journée macabre en souvenir.

Mes parents organisaient, avec l'amicale des policiers châlonnais, des soirées dansantes, des lotos ainsi que des arbres de Noël. Dès mon plus jeune âge, ils m'emmenaient avec eux dans les manifestations. J'ai connu depuis très jeune l'organisation et la préparation d'évènements, j'appréciais beaucoup ces moments-là et j'avais toujours hâte d'y être. Afin de nous responsabiliser, nos parents nous donnaient des missions telles que la tenue du vestiaire et la vente des billets de tombola. Nous étions contents de nous investir. À la fin de la soirée, ils nous donnaient une petite récompense afin de nous remercier.

Ils passaient beaucoup de leur temps libre à organiser et à s'investir dans des évènements. Ils continuaient à faire vivre l'association, créée par mon grand-père maternel. L'argent récolté servait à l'organisation des arbres de Noël. C'était un rendez-vous attendu, pour le plaisir des petits comme des grands. Chaque année, c'était un gros budget, entre la réservation de la salle, le cachet de l'artiste et les cadeaux des enfants, mais leur plus belle récompense était de voir briller les yeux des enfants.

À chaque manifestation, je prenais beaucoup de plaisir à accompagner mes parents. Lors des cérémonies de vœux, je me souviens que je faisais mes devoirs dans les vestiaires des policiers ou dans la salle de musculation avant de servir les plateaux de petits fours. C'était une petite fierté de connaître tous les policiers de la ville.

Grâce à mes parents et à leurs engagements, j'ai appris, très jeune, les valeurs et les règles de la vie que sont le respect, la tolérance, la justice ainsi que l'équité. Bien plus que des mots pour moi, ce sont ces bases d'éducation qui ont permis mon évolution.

Lorsque j'ai eu cinq ans, mes parents m'ont fait découvrir un sport collectif : le basket-ball. Ils étaient passionnés par ce sport depuis de longues années.

Tous les samedis soir, nous allions supporter en famille, l'équipe locale qui jouait dans l'élite du basket français. C'était notre sortie familiale. J'ai tout de suite accroché avec ce sport.

Ils m'ont donc inscrit l'année suivante au club amateur. J'ai commencé en Baby jusqu'à mes 16 ans.

C'était important pour eux de m'enseigner les valeurs du sport telles que la discipline, le respect, la persévérance, l'égalité ainsi que le travail d'équipe. Tous ces enseignements m'ont fait grandir.

Si je suis devenu l'homme que je suis aujourd'hui, c'est grâce à cette éducation.

Mon père et ma mère ont toujours été présents aux entraînements et aux matchs. Ils étaient les premiers à se porter volontaires pour emmener les joueurs lors des matchs et des tournois, à nettoyer les tenues… Ils m'ont toujours soutenu et encouragé. À cet âge-là, j'étais à fond, je détestais perdre. Mes parents me disaient souvent :

« Le plus important, ce n'est pas de gagner, mais de participer. ».

Cette phrase me reste gravée dans la tête, je sais qu'elle m'a beaucoup servi et qu'elle me servira tout le long de ma vie.

Par la suite, malheureusement, je me suis retrouvé dans l'obligation d'arrêter de jouer suite à de nombreux problèmes de santé. Je n'arrêtais pas d'être transporté à l'hôpital pour des entorses ou des fractures. En réalité, je pense que je n'étais pas fait pour le sport.

À côté de cela, j'étais scolarisé dans l'école de mon quartier, elle se situait juste derrière chez moi, au bout d'un parc. J'y passais de bons moments, j'ai toujours eu des maîtres et maîtresses sympathiques, je resterai toujours nostalgique de cette période. Malgré cela, je n'ai jamais été attiré par l'école. Je détestais faire les devoirs et j'avais des difficultés scolaires.

Dans ma tête, dès l'école primaire, je voulais devenir un artiste, monter sur scène, avoir un public. Même si je n'avais pas de talent particulier, j'ai toujours été passionné par le showbiz, je ne sais pas pourquoi ! Peut-être parce que ma mère avait de la famille artiste, un cousin qui était trompettiste et accompagnait les plus grands ainsi que sa cousine qui était une professeure de musique réputée. Ma mère montrait à ses amis avec fierté les CD que son cousin sortait régulièrement.

Mes parents m'ont toujours encouragé dans ce sens. Ils me laissaient regarder les émissions de télévision avec des artistes le soir, j'aimais particulièrement l'école des fans. Ils m'emmenaient dès qu'il y avait un concert dans les environs. D'ailleurs, je me souviens que mes parents m'ont inscrit en 1991, j'avais 6 ans, à un concours de beauté dans le département de la Charente-Maritime. C'était la première fois que je montais sur scène et que j'avais un public devant moi.

J'étais content de participer au concours mais j'avais une seule demande :

— OK, maman, mais si je gagne le concours, vous devrez m'emmener au restaurant ce soir !

Ma mère m'a répondu en souriant avec l'accord de mon père :

— Oui, si tu le souhaites, mais alors il faut gagner le concours.

Ils avaient tellement confiance en moi qu'ils ne se sont pas trompés. Le jury m'a sélectionné et j'ai remporté le premier prix du concours Damoiseaux à Ronce-les-Bains. J'étais très heureux. C'était une fierté pour moi de recevoir une médaille et de me faire applaudir. Ils avaient craqué sur mes yeux bleus et mes cheveux blonds.

Cela a renforcé mes ambitions, je voulais faire un métier en lien avec la scène et le public. Quand je regardais les émissions à la télévision, je me voyais déjà sur scène. Malheureusement, je n'avais pas de talent particulier, je ne savais pas danser et encore moins chanter.

J'ai toujours vécu une enfance heureuse, j'ai toujours eu la chance de partir en vacances chaque été dans le sud (Argelès-sur-Mer, cap d'Agde, Cannes…) dans des campings animés. Dès que je pouvais participer à un spectacle dans le camping, j'étais toujours le premier à m'inscrire. Une année, dans un camping, j'avais joué le rôle principal dans une comédie musicale pour fêter les trente ans du camping. Je devais apprendre à danser, jouer et chanter. C'était une très bonne expérience.

Nous privilégiions les campings. Chaque année, nous voyagions en caravane afin de nous évader et d'être proches de la nature. Le plus important était de sortir de notre zone de confort. Mes parents avaient fait l'acquisition d'un gros break gris pour charrier la caravane et avoir plus de place pour nos sorties. Ils sortaient le véhicule seulement pour nos balades et nos vacances.

Mes parents m'ont fait découvrir la ville de Cannes, j'en suis tombé amoureux, j'avais les yeux brillants, plein de rêves. Ce que j'aime là-bas, ce sont les grandes plages de sable, les palmiers, le chant des cigales, les magasins de luxe, la croisette et ses palaces et bien entendu me balader dans les ports, et je rêvais de vivre sur les yachts. C'était le début d'une belle histoire d'amour entre cette ville et moi. Faut-il y voir un lien avec mon attirance pour la scène et les paillettes ?

Dès notre retour à la maison, après chaque fin de vacances, je devais redescendre, non pas de mon yacht mais de mon nuage et garder mon rêve dans un coin de ma tête.

La fin des vacances arrivant, je devais reprendre l'école malgré mes difficultés. J'y allais tous les matins en reculant, j'ai eu une scolarité un peu difficile, j'ai même été suivi par un orthophoniste. Durant ma scolarité, j'ai eu des problèmes d'audition et j'ai dû me faire opérer. Malheureusement, j'ai redoublé ma classe de CM2, j'avais accumulé trop de retard.

L'année suivante, je faisais ma rentrée dans la cour des grands. Me voilà en sixième à Châlons-en-Champagne, dans le collège de mon quartier. Mon frère et ma sœur étaient scolarisés là-bas également. C'était un collège public. Dès le premier jour, j'ai eu peur car c'était nouveau pour moi d'avoir plusieurs matières et plusieurs professeurs. L'établissement était plus grand que mon ancienne école, mais honnêtement, je m'y suis adapté rapidement. Je passais des moments mémorables, j'ai toujours été étiqueté : « le clown de la classe », j'appréciais particulièrement de faire rire mes camarades, ce qui m'a valu des punitions pour mon comportement. C'était une façon pour moi d'exister et de me faire remarquer.

Vers la fin de l'année scolaire, suite à un coup de froid lors d'une sortie, je suis tombé malade, mes poumons ont été touchés, j'ai dû être hospitalisé d'urgence quelques semaines. C'était compliqué de passer des nuits seul, dans la chambre sans mes parents. Ils me répétaient sans cesse :

« Ne t'inquiète pas, tu es entre de bonnes mains ».

Ils me rendaient visite tous les jours, à tour de rôle, selon leurs disponibilités. Ils passaient tout le temps qu'ils pouvaient avec moi et essayaient de me remonter le moral. Les vacances à Cannes approchant, j'ai forcé mes parents à me faire sortir. C'était impensable pour moi de ne pas partir, les moments passés à Cannes me ressourçaient pour des mois.

Je savais que je ne devais pas être exigeant car je connaissais la chance que j'avais de partir tous les ans par rapport à certaines familles.

Le médecin a accepté que mes parents signent une décharge à une seule condition : que je me fasse soigner par une infirmière et que j'ai un suivi médical sur place.

J'ai tout de suite accepté la proposition du médecin. Quitte à se faire soigner, autant que ce soit au soleil !

Ma maman m'avait fait un cadeau à l'hôpital afin de me faire plaisir. Elle m'a promis que je pourrai avoir mon premier chien, mais je devais attendre la fin de mon séjour.

Je savais que les chiens pouvaient nous procurer un bien-être émotionnel, grâce à l'amour inconditionnel qu'ils nous portent. J'en ai toujours rêvé, leur compagnie est toujours gratifiante.

C'était déjà la fin des vacances… La rentrée scolaire arrivait à grands pas.

Mais comme tous les ans depuis ma naissance, je passais mes journées à la Foire exposition durant les onze jours. J'aimais tellement aller à la rencontre des personnes, faire le tour des stands. Je connaissais le plan du site par cœur. Ce que j'aimais le plus, c'était les spectacles qui avaient lieu tous les jours. J'ai pu voir de nombreux d'artistes comme Johnny Halliday, Michel Polnareff, Patrick Bruel… Que des bons souvenirs et beaucoup d'émotion. J'en profitais, j'avais des places gratuites grâce aux engagements associatifs de mes parents. Il y avait quand même des avantages.

Chose promise, chose due, ma maman m'a offert mon premier petit chien, il s'appelait Max. Nous l'avons acheté dans un élevage canin, mais hélas, c'était un chien isolé, rejeté par sa mère. Nous l'avons sauvé de cette violence. Il pesait 1 kg, c'était un mélange de YORKSHIRE TERRIER et de SHIH TZU de couleur noire. Max était tellement adorable et sociable.

Après ces deux mois de repos, de rêve, je devais reprendre la route du collège. Je redoutais tellement ce moment. C'était très compliqué psychologiquement pour moi, je venais de redoubler ma sixième. Je haïssais les cours. Je dépassais très rarement les 7 sur 20 lors de mes contrôles. J'aimais de moins en moins l'école. Cela devenait un calvaire pour moi.

Pour mes professeurs, je n'étais qu'un cancre. Selon eux, j'étais fainéant, incapable de retenir des leçons. Pourtant, j'ai toujours fait du mieux que je pouvais mais les résultats n'étaient pas à la hauteur. Une fois, j'ai réussi à obtenir un 20/20 lors d'un contrôle de mathématiques. Le professeur a cru que j'avais triché. Cette fois-là, j'ai été blessé car, quoi qu'il arrivât, j'étais considéré comme un nul…

Même si j'ai redoublé deux niveaux de suite, je n'étais pas d'accord avec leurs jugements, je ressentais une réelle injustice alors que je m'investissais dans le travail scolaire. J'en garde quand même de bons souvenirs. Je me souviens d'une professeure d'histoire passionnée par l'Égypte, ses cours étaient vivants, passionnants, elle était vraiment douée pour l'enseignement. Elle nous proposait de faire des exposés afin d'avoir des points bonus. J'étais déjà doué en informatique, j'ai réalisé de nombreux exposés. Elle était si attachante, qu'un samedi, elle m'a offert un goûter dans un salon de thé avec deux copains de ma classe afin de nous remercier pour notre investissement. Pendant de nombreuses années, nous sommes restés en contact et échangions des courriers lors des vœux de bonne année.

Durant ma scolarité, j'ai subi, comme beaucoup d'enfants, le divorce de mes parents. Cela ne m'a pas aidé, c'était encore plus catastrophique qu'avant, les notes s'effondraient de plus en plus. Honnêtement, c'est compliqué psychologiquement de vivre une séparation étant enfant car nous en payons les pots cassés.

Je me souviendrai toujours du jour où ma mère a reçu la lettre d'un avocat pour annoncer que mon père demandait le divorce. C'était quelques semaines seulement après notre retour de vacances. Elle a été tellement choquée, qu'elle en a fait un malaise dans sa chambre, je me souviendrai toujours de cette image de ma mère allongée avec le dossier de l'avocat près d'elle. Personne ne s'y attendait, c'était brutal. Je n'ai pas compris non plus la décision soudaine de mon père. Je me posais des tonnes de questions sur le divorce de mes parents. Pourquoi ? Était-ce de ma faute ? Était-ce à cause du petit chien que je venais d'avoir ? À cet âge-là, nous nous posons tellement de questions.

Mais, bien entendu, j'ai compris par la suite que les premières victimes des divorces, ce sont les enfants. Trop de vies sont entaillées par des séparations.

Le divorce a été prononcé, ma mère a eu notre garde. J'allais chez mon père certains week-ends et certaines vacances quand il ne travaillait pas. Il versait une pension alimentaire pour nous trois. J'étais le seul à aller chez mon père, mon frère et ma sœur étant plus grands, ils ont eux du mal à accepter le divorce. Mon papa avait trouvé une nouvelle copine, elle s'appelait Céline, elle était propriétaire d'un appartement dans le centre-ville, mon père l'a rejoint là-bas. Afin de me recevoir certains week-ends, il avait aménagé une chambre dans un grand placard en créant une fenêtre dans la porte. C'était mon petit domaine. Je l'adorais tant cette chambre !

Depuis ce jour, je suis devenu l'homme de la maison chez ma mère, mon frère étant à ce moment-là plongé dans ses études. J'essayais d'entretenir notre cocon familial malgré mon très jeune âge. C'est devenu naturel pour moi de m'investir dans le quotidien. J'apprenais tout, tout seul, au fur et à mesure. J'essayais d'aider ma mère du mieux que je pouvais, je m'occupais d'effectuer certaines tâches de la maison telles que l'entretien des espaces verts et les travaux divers. J'avais la chance d'être entouré de voisins bricoleurs, ils m'aidaient et me donnaient des conseils. C'était vraiment formateur.

Je voyais que, pour elle, c'était difficile de cumuler vie professionnelle et vie familiale, je la voyais souvent fatiguée. Elle était toujours attentionnée envers nous et veillait à ce que nous ne manquions de rien. Je lui préparais des repas en attendant qu'elle rentre du travail. Je confectionnais des petits plats grâce à ses livres de cuisine, appréciais tout particulièrement préparer des Partys crêpes, ou des croque-monsieur party…

Malgré sa solitude, elle a réussi à nous donner une bonne éducation et a toujours fait le maximum pour nous.

Elle nous a élevés seule et surtout elle nous a toujours accompagnés vers la réussite. Jamais, elle ne m'a jamais fait de réflexion parce que j'avais de mauvaises notes, et m'a toujours remonté le moral lorsque je perdais espoir. Elle voyait que je faisais de mon mieux à la maison et à l'école. De même, mon père ne m'a jamais jugé concernant mes résultats scolaires. J'avais du mal à retenir mes tables de multiplication alors il a essayé de me les apprendre avec l'aide de Céline. Ils ont trouvé une façon de me motiver, en me reversant cinq euros par table apprise. J'étais un peu plus motivé à réviser subitement !

Chaque été, au début de la séparation, ma mère souhaitait vraiment nous emmener en vacances mais par manque de moyens, nous avons changé de destination pendant quelques années. Nous avons découvert la Normandie et la belle ville du

Tréport. ~~Le~~ principal, c'était de passer des bons moments en famille. Forcément, la Normandie me faisait moins rêver que Cannes. J'y ai quand même passé de bons moments, nous marchions régulièrement le long de la Manche ainsi que sur les plages de galets au pied des falaises de craie. Le paysage était splendide. Notre petit plaisir était de dîner dans des restaurants le long du port et d'aller acheter des plateaux de fruits de mer à la poissonnerie municipale.

Lorsque mon père était en congé, il me gardait durant certains week-ends et les vacances scolaires. Sa nouvelle femme était responsable d'un supermarché. J'aimais y aller, j'avais de l'espace pour jouer mais ce que je préférais par-dessus tout, c'était écraser les cartons dans le compacteur. Elle m'apprenait également à encaisser les clients.

Nous faisions beaucoup de sorties, de voyages à la montagne, à la mer ainsi que dans des pays étrangers. Ils souhaitaient me faire découvrir des nouveaux coins de la France tels que les Vosges, la Haute-Savoie, le Jura… J'appréciais particulièrement de faire des randonnées dans les massifs enneigés. J'ai pu découvrir l'Allemagne, la Belgique, l'Angleterre, la Suisse… Mon père et sa compagne aimaient beaucoup voyager. J'ai en mémoire un séjour dans un centre de vacances dans le Jura à Lamoura. Mon père et Céline avaient réservé des chambres afin que l'on passe une semaine entre nous. Il y avait également la famille de ma belle-mère. Nous étions tous réunis dans cette magnifique station de ski. Je profitais des installations afin de faire un peu de sport et de la natation.

Après que mon père se soit remarié avec Céline, nous allions souvent en Haute-Marne chez ses parents. J'aimais y aller car son père travaillait dans un golf, il m'a initié à ce sport que j'apprécie maintenant particulièrement. C'était une découverte pour moi.

Au début, je n'acceptais pas la nouvelle relation de mon père car pour moi, cette femme avait pris la place de ma mère, mais au fil des années, j'ai appris à l'apprécier.

J'ai toujours rêvé de monter dans un avion, alors mon père a voulu me faire plaisir en réalisant mon rêve. Il m'a payé un baptême de l'air pour survoler la Marne pour mon anniversaire. J'ai eu la chance et le plaisir de partager ce moment avec mon père et mon grand-père. C'était un moment magique.

Quelques années, plus tard, ils ont investi dans une maison afin d'avoir plus d'espace et pour que je puisse disposer d'une chambre plus grande. Nous avons transformé totalement la maison et réaménagé l'extérieur, nous avons coupé tous les arbres afin d'installer une piscine. C'était un plaisir commun avec mon père. Malheureusement, je n'ai pas profité beaucoup de ma chambre car j'ai grandi et mes occupations sont devenues trop intenses pour pouvoir profiter de moments chez mon père. Par la suite, mes visites se faisaient plus courtes et plus rares.

Ma belle-mère avait démissionné de son emploi de directrice de magasin pour retrouver sa passion pour l'écriture, elle a rejoint une rédaction de presse. Je l'accompagnais pour prendre des photos pour des reportages. J'avais la chance de voir, avant tout le monde, la photographie qui illustrerait l'article dans la presse quelques jours après.

Lors de nos sorties, mes grands-parents paternels nous accompagnaient souvent. Malheureusement par la suite, mon grand-père a eu un AVC, il est décédé plus tard. Le principal était d'avoir pu profiter de certains voyages et sorties ensemble.

Je tenais à les remercier car malgré le divorce de mes parents, mes grands-parents sont toujours restés proches de ma mère, l'ex-femme de leur fils. Mon grand- père, avant de tomber malade, passait régulièrement déposer des légumes chez ma mère et en profitait pour prendre le café.

C'était vraiment un énorme respect pour ma mère, pour nous. C'est dans ces moments-là que nous voyons la vraie valeur des personnes.

Chapitre 2
Mes premiers engagements !

Mon cœur sain aime tendre la main. La solidarité, c'est inné.

Je me sentais dans l'obligation de donner de mon temps, de vivre de nouvelles « choses » et d'aider mon prochain, alors j'ai eu l'idée de m'investir au service des autres en intégrant des associations. Je connaissais déjà le milieu associatif grâce à mes parents.

C'était quelque chose d'important pour eux, c'était dans leur nature d'aider les personnes. Mon père était également responsable du Téléthon tandis que ma mère était membre d'une association de jumelage, et membre d'une structure de femmes battues… Ils étaient sensibles à nombreux sujets.

J'aimais me sentir utile et voulais prendre le temps d'aller à la rencontre de nouvelles personnes. C'était une manière de m'évader et de ne pas m'ennuyer, j'ai donc décidé de m'engager à mon tour. Je suis devenu bénévole à la Croix-Rouge française Jeunesse. Nous avions des projets humanitaires, je me suis notamment porté volontaire pour accueillir les réfugiés KOSOVARS en France, nous les avons logés en famille dans des centres, je distribuais également des colis alimentaires aux familles les plus démunies… C'était ma première expérience dans le monde associatif en tant que membre actif. J'aimais beaucoup, je me sentais utile et admiré par mes proches.

Un jour, j'ai eu la chance de rencontrer un responsable de la Croix-Rouge, Patrice, je me suis tout de suite, bien entendu avec lui. Je me suis attaché à lui, peut-être pour combler l'absence d'un père à la maison. J'étais passionné par son engagement, par sa gentillesse, il m'a donné l'envie de m'engager encore plus. Nous passions énormément de temps ensemble.

Je l'ai alors rejoint dans l'association ADIFLOR, c'est une structure qui fait vivre la lecture en français partout dans le monde et valorise la diversité culturelle francophone. Nous récoltions des tonnes de livres dans divers endroits (Établissement scolaire, bibliothèques…) afin de les trier et de les envoyer dans d'autres pays du monde. Cela permettait à des enfants d'avoir une chance de pouvoir aller à l'école.

Quelques années, plus tard, j'ai appris que Patrice avait décidé de tout quitter, sa vie professionnelle, personnelle et ses engagements, pour devenir moine. Il allait rentrer dans un monastère. Depuis ce jour, et à ma grande déception, je ne l'ai jamais revu. Il était devenu un repère pour moi. Il a dû se débarrasser de toutes ses affaires, c'était pour lui une nouvelle vie qui commençait. Il m'avait offert son appareil photo numérique en me disant :

« Je t'offre mon appareil mais je tiens à ce que tu immortalises les plus beaux moments de ta vie. Et n'oublie jamais qu'il ya toujours quelque chose de beau à tes côtés. »

Comme scolairement, je n'étais pas épanoui, je ressentais le besoin de m'engager, j'ai donc cherché d'autres idées pour continuer à aider mon prochain.

Durant tous mes temps libres, je partais faire du bénévolat.

Je suis devenu équipier au Samu social, je faisais des maraudes dans les rues Châlonnaises et Rémoises avec d'autres bénévoles à la rencontre des SDF. Nous rencontrions des jeunes, comme des anciens. Ils avaient tous une histoire différente, une période de leur vie où tout avait basculé.

Une à deux fois par semaine, j'arpentais les rues de 20 h à 00h. J'étais l'un des plus jeunes équipiers de France, j'avais une quinzaine d'années seulement. J'adorais me lancer des défis.

Ma mère avait accepté que je m'engage bénévolement mais à une seule condition :

— J'accepte mais tu as intérêt à aller en cours le lendemain matin ! Je ne veux pas de problème avec le collège. Et tu essayeras de donner la même énergie que tu as dans les contrôles !

Je savais qu'elle ne m'aurait jamais rien refusé, car elle me voyait épanoui et heureux. Elle était tellement fière que je puisse aider les autres. J'avais choisi de donner de mon temps, de mon énergie, de mon amour… Je préférais largement m'investir pour les autres plutôt que d'aller jouer avec des copains dans la rue ou rester derrière les écrans.

Quand je faisais des maraudes, je ne dormais que six heures par nuit et je retournais en cours le lendemain. Alors, je me rendais compte de la chance que j'avais de dormir dans un lit au chaud. Ma plus grande fierté avant de fermer les yeux, c'était d'avoir accompli ma mission.

Je me souviendrai toujours, de cette période marquante. De ces rencontres avec ces personnes, dans des lieux inimaginables, sous un pont entre les rats et l'eau du canal gelé, dans une ancienne locomotive près de la gare, dans une caravane au fond d'un bois… Les personnes que je rencontrais dans la misère avaient entre 17 ans et 80 ans. Le plus important pour eux, ce n'était pas la boisson chaude que nous leur offrions, c'était tout simplement, de nous parler, d'échanger avec eux. J'ai appris alors à écouter les autres et à ne pas les juger. La vie n'est pas toujours facile, tout peut vite basculer.

J'avais toujours gardé en moi une citation, que j'avais entendue plus jeune lors d'un rassemblement de la Croix-Rouge française Jeunesse :

« La différence entre l'école et la vie ; à l'école, on t'apprend une leçon, puis ensuite il y a un test. Dans la vie, on te donne un test qui t'enseigne une leçon. »

J'ai beaucoup appris en étant sur le terrain. Si je devais refaire ma vie, je ferais la même chose, prendrais les engagements et aimerais faire les mêmes rencontres.

Par la suite, j'ai passé mon diplôme de secouriste. Je suis devenu en parallèle équipier secouriste à la Protection civile. Certains week-ends, je devais me rendre avec une équipe à des évènements sportifs, à des spectacles afin de gérer le poste de secours. J'accompagnais également un formateur dans des lycées après mes cours afin de former les lycéens sur les premiers gestes de secours. J'avais la chance de l'assister. Cela m'a apporté de l'expérience, des rencontres, mais honnêtement, je me suis vite lassé. Je ne me sentais pas à ma place dans le secourisme.

Mon parcours associatif bluffait tellement les professeurs que certains m'ont alors proposé de faire des interventions dans les classes afin de montrer mon engagement. Je devais également écrire un article dans le journal de l'établissement. Le cancre était devenu « intéressant » ! J'étais fier de moi, j'avais réussi à montrer que je pouvais être quelqu'un de bien même avec des mauvaises notes.

Très jeune, j'ai connu la misère humaine. Chaque jour, j'apprenais une leçon de vie. Je me suis toujours promis de faire de mon mieux pour éviter la misère. Mes difficultés scolaires me fermeraient des portes, je devais m'en sortir autrement pour exister.

Lors d'une tournée dans les rues, deux ans plus tard, j'ai rencontré un jeune SDF de 17 ans ou 18 ans, je ne sais plus, il s'appelait Raphaël, il m'a énormément touché. J'ai passé des heures avec lui à l'écouter, à l'aider, à l'accompagner et à lui trouver des structures d'aides…, car je trouvais cette situation injuste. Il se droguait pour oublier son histoire, son passé. Et alors, est-ce le plus important ?

Quelques semaines plus tard, il a été jugé à Nantes puis emprisonné pour possession de stupéfiants et pour vol. Le seul point positif, c'est qu'il dormirait au chaud et qu'il pourrait manger correctement. J'ai continué à avoir des contacts avec lui. Toutes les semaines, je recevais une lettre de la prison. Il me racontait sa vie de prisonnier, sa solitude, ses rêves.

Forcément, cette situation devenait compliquée avec mes parents sachant qu'ils étaient dans la police. Ils se méfiaient de cette fréquentation. Mais ils avaient une extrême confiance en moi, ils savaient que j'avais la tête sur les épaules.

Après vingt-quatre mois de correspondance, j'ai perdu tout contact avec lui. Il a dû être libéré et j'espère sincèrement qu'il n'a pas récidivé et qu'il a réussi sa réinsertion. Il faisait une formation de restauration durant son incarcération. J'espère qu'il a continué dans ce sens. Encore une belle leçon de la vie.

C'était plus fort que moi, j'ai toujours éprouvé le besoin d'aider les personnes les plus vulnérables. Quand je fais du bien autour de moi, je me sens bien, j'ai l'impression d'exister. Ce n'était pas une obligation, mais un choix sincère et honnête. J'aurais pu m'orienter vers des études de psychologie mais je ne m'en sentais pas capable.

Je cumulais mes engagements avec le collège mais malheureusement, après la quatrième, mon collège ne voulait plus de moi car mes notes étaient catastrophiques, je devais être réorienté, je n'avais que des avertissements lors des conseils de classe. Je n'avais plus d'établissement scolaire pour poursuivre mes études, je devais en retrouver un au plus vite.

Personnellement, je me moquais éperdument de ne rien trouver. Je ne pensais qu'à une seule chose, arrêter les cours.

Mais hors de questions, je n'avais pas le choix, l'école étant obligatoire jusque seize ans. De plus, mes parents refusaient catégoriquement que j'arrête les cours. Ils pensaient à mon avenir et voulaient que j'aie un bagage.

Peu importe, pour moi le plus important était ce que je faisais. Je suis né pour aider les autres. Ma mère était fière de moi mais je voyais bien qu'elle angoissait et se faisait du souci pour mon avenir.

Chapitre 3
La persévérance

Savoir saisir l'instant présent, pour vivre de grands moments.

Après de longues périodes de réflexion, j'étais déterminé à montrer qui j'étais vraiment, je voulais faire mentir mes anciens professeurs et enfin réaliser mes rêves.

Ma mère avait sympathisé avec un chef d'établissement d'un lycée privé où ma sœur avait fait ses études. Ma mère faisait également partie de l'association des parents d'élèves. Comme vous pouvez le voir, l'engagement chez nous, c'est dans les gènes.

Après un appel téléphonique de ma mère, monsieur PERNU, le directeur, a souhaité me rencontrer. Je fus donc reçu dans son bureau au mois de juin. Durant cette entrevue, il m'a totalement séduit, il m'a redonné confiance en moi et a dit des mots touchants que personne n'avait su me dire auparavant :

— Julien, tu es une belle personne, tu as des valeurs dont très peu d'adolescents disposent. N'oublie jamais que tu as le droit à l'échec, mais avant cela, il faut te donner les moyens de réussir.

Après cette magnifique rencontre, il m'a donné la chance d'intégrer son lycée afin d'y faire ma troisième dans les meilleures conditions. Je devais absolument lui prouver que j'étais capable d'être un élève correct. L'objectif était d'avoir plus de 11 de moyenne générale, je n'ai jamais eu cela de ma vie. C'était un défi que je me devais de relever.

Il me restait deux mois pour en profiter avant la reprise scolaire, j'avais donc bien l'intention de me reposer et de réfléchir à mon avenir. J'avais toujours, dans un coin de ma tête, mon rêve de faire de la scène et je souhaitais vraiment l'accomplir.

J'ai donc décidé de foncer et je me suis donné l'objectif d'organiser des spectacles au profit d'associations caritatives.

Un peu compliqué quand même à 15 ans, d'organiser des évènements, mais j'en étais sûr, je pouvais le faire !

Modestement, j'ai commencé à créer un spectacle avec une jeune chanteuse châlonnaise que j'ai eu la chance de connaître lors d'une soirée, elle avait une voix en or. L'idée, c'était que je présente le spectacle et qu'elle interprète les plus beaux tubes des années 80 pour animer des maisons de retraite.

Après deux spectacles en maisons de retraite, j'avais réussi mon pari. C'était un véritable succès, nous avions donné le sourire et l'envie de danser à nos anciens.

Mon deuxième objectif était d'organiser un spectacle au profit d'une jeune fille malade. J'avais donc pris contact avec des jeunes talents de la région, une tête d'affiche bien connue des Français : un musicien, chanteur de jazz, de blues.

Il fallait que je trouve un partenaire pour financer l'évènement, je me suis donc dirigé vers l'union commerciale de la ville. Bingo ! La direction m'a fait confiance et a accepté d'être partenaire de l'évènement.

Il ne me restait plus qu'à trouver une salle des fêtes pour l'organiser. J'ai réussi à réserver le parc des expositions pour créer ce magnifique spectacle.

Le jour J : deux heures de show, un public de 450 personnes. Je l'ai vécu comme un second succès pour moi. Nous avions réussi à récolter de l'argent pour l'association de la jeune fille.

C'était ma première grande organisation. La presse a commencé à me soutenir et ma petite carrière de présentateur et organisateur d'évènements a démarré.

Suite à cela, j'ai sympathisé avec des jeunes talents qui me faisaient confiance pour présenter leurs spectacles (dans la Marne, dans l'Aisne, la Haute-Marne…). J'ai eu la chance de présenter une trentaine de spectacles en un an. J'ai vécu des moments magiques, j'avais des étoiles plein les yeux.

Lors d'un évènement dans un centre commercial, j'ai remarqué un jeune chanteur, il rendait hommage à Claude François et était accompagné de danseuses. Il s'appelait Maxime.

J'ai adoré sa prestation, son énergie ainsi que son équipe. Quelques jours plus tard, je l'ai vu à la télévision lors d'une émission consacrée à Claude François. Il avait vraiment un talent exceptionnel, je ne sais pas pourquoi, mais j'avais envie de le connaître, de lui parler.

Durant ma jeunesse, j'ai eu très peu d'amis. Je n'avais pas trop le temps ni même l'envie. J'avais mieux à faire. Je me souviens avoir effectué des recherches et au bout de quelques jours, j'avais trouvé ses coordonnées sur un prospectus. Je le voulais comme ami.

J'ai pris mon courage à deux mains pour l'appeler. Une charmante dame m'a répondu, c'était sa maman Claudy, j'ai expliqué que j'appréciais beaucoup ce que faisait son fils et que j'étais vraiment fan. Elle a beaucoup apprécié notre discussion et m'a donné rendez-vous un mois plus tard pour assister à une représentation de Maxime et de ses danseuses.

Comme par hasard, le spectacle a eu lieu durant la pause d'un match de basket professionnel, lieu où nous nous rendions chaque semaine avec mes parents. L'entretien s'est très bien passé et à l'issue de celui-ci, les parents de Maxime m'ont proposé de passer un samedi après-midi chez eux avec lui.

Depuis ce jour, je passais énormément de week-ends en leur compagnie, chez eux, ou en spectacle avec sa famille. C'est une famille admirable, formidable. Jamais je ne pourrai oublier ces moments magiques, ces sorties, ces rencontres.

J'avais la chance d'assister aux répétitions de Maxime et de ses danseuses. Sa maman me demandait régulièrement mon avis sur la prestation. Je passais de plus en plus de temps en leur compagnie. Maxime est venu habiter chez ma mère quelques mois car il était scolarisé dans mon établissement. Nous passions de bons moments ensemble.

Je me souviendrai toujours de Claudy, Franck et Maxime. J'appréciais tout chez eux, leur gentillesse mais surtout la motivation de la maman pour soutenir son fils.

C'était elle qui gérait sa carrière. C'était beau à voir, une énorme complicité les unissait. Claudy organisait et présentait également des spectacles (concours de mini-miss, et concours de jeunes talents) dans l'Aisne. C'était toujours une réussite. Une année, elle m'a proposé gentiment de co-animer son concours de jeunes talents. Ce fut un moment magique et agréable. C'est dans ces moments-là que nous voyons que c'est bénéfique d'être entouré de belles personnes. Franck quant à lui était propriétaire d'une bijouterie dans une enseigne de grand magasin appartenant à un grand groupe français.

J'aimais beaucoup leur maison, elle était splendide. Une maison de rêve avec piscine, une salle de danse, une salle de répétition, une grande salle à manger et de nombreuses chambres… Ce que j'appréciais le plus, c'est que le salon donnait sur une verrière fermée avec accès sur une petite cour extérieure. Quel charme !

Ils étaient devenus ma deuxième famille. J'ai eu la chance de partir en vacances avec eux dans ma ville préférée : Cannes. La maman de Maxime était originaire de cette ville, c'était vraiment une coïncidence. J'ai passé un mois de rêve et d'excellents moments. Nous étions logés dans une magnifique villa sur les hauteurs de Mandelieu. Mon souvenir le plus marquant de cette maison de rêve, c'était la baie vitrée qui donnait sur la baie de Cannes. Ils m'ont fait découvrir de magnifiques endroits que je ne connaissais pas et j'ai pu rencontrer des personnes vraiment agréables. Maxime étant fan du club de foot de Marseille, nous avons été les supporter en déplacement à Monaco.

Dès mon retour dans la Marne, j'étais aux anges suite à ce magnifique séjour. J'ai continué à réaliser mon rêve, j'avais de plus en plus de contrats qui se présentaient à moi. Lors d'un concours dans l'Aisne, j'ai fait la connaissance d'une jeune chanteuse, avec une voix exceptionnelle, elle reprenait les plus belles chansons d'Édith PIAF, ses parents étaient organisateurs de spectacles et géraient un orchestre.

Depuis notre rencontre lors du concours, nous avions créé un spectacle sur la vie de PIAF dans l'intention de le présenter lors du Téléthon et de la célébration de la libération de la ville d'Hirson. Je racontais sa carrière tandis que la chanteuse interprétait ses plus beaux tubes. Un moment mémorable.

Quelque temps plus tard, la famille de cette jeune chanteuse organisait avec des célébrités un grand concours au profit d'enfants atteints de cancer. J'ai eu l'immense chance de présenter le show avec une ancienne miss France et miss Europe.

C'était vraiment super, extraordinaire pour moi, j'étais encore mineur. Je vivais un moment incroyable. Je n'avais qu'une seule idée en tête : poursuivre dans cette voie, mon rêve devenait réalité.

Je me souviens que mon ancien collège m'avait recontacté afin que j'organise un spectacle pour les 30 ans de l'établissement. Même si les enseignants m'avaient exclu, j'ai accepté avec plaisir. J'avais une revanche à prendre. Malgré cela, j'ai réussi à organiser une magnifique soirée.

Chapitre 4
Mes premières réussites

Lorsqu'on me fait confiance, je me dois d'y arriver.

Les cours au lycée avaient repris depuis quelques mois et j'avais fait une promesse au directeur. Je n'avais pas envie de le décevoir, il m'avait tellement touché lors de notre entretien.

Et miracle ! Quelque chose d'inattendu, que je ne connaissais pas jusqu'alors : « La réussite ». Mes premières notes, mes premiers 20/20. Je cumulais les excellentes notes. Mes parents étaient ravis. Pour me féliciter, mon père m'offrit une place pour aller voir Michel Sardou à l'Olympia, j'ai toujours été fan des chanteurs qui n'étaient plus à la mode et il connaissait ma passion pour les spectacles et la scène.

Au fur et à mesure des mois, je devenais le premier de la classe. Lors des trois conseils de classe, je n'ai obtenu que des tableaux d'honneur avec une moyenne supérieure à 17. Du jamais vu, j'étais tellement fier de moi. Je suis passé de la place de cancre à la place de bon élève.

Je suis vraiment reconnaissant envers mes enseignants. Honnêtement, il y avait une sacrée différence entre le public et le privé. En effet, les professeurs sont derrière nous, ils nous soutiennent, nous encouragent. Ils n'ont qu'une seule motivation : notre réussite. Je me souviendrai à jamais de mes professeurs, de toute ma scolarité, je n'ai jamais vu des personnes aussi professionnelles notamment un professeur d'allemand, je détestais cette matière mais il a réussi à me faire aimer cette langue et ce pays. Il avait une façon d'enseigner rare, il réussissait à capter l'attention de ses élèves et surtout il avait confiance en notre potentiel. J'ai été passionné également par un professeur d'histoire qui était enthousiaste, rigoureux. Chaque mois, nous avions un dossier à réaliser sur des thèmes différents. Cela m'a beaucoup aidé à renforcer ma culture générale. Grâce à ses cours, nous voyagions dans différentes périodes de l'histoire. C'était un plaisir de me lever le matin pour étudier. Sans exception, cette année-là, j'ai eu des professeurs extraordinaires.

Il n'y a pas de miracle, non ! Je dois cette réussite au chef d'établissement qui m'a redonné confiance en moi. Je me suis énormément attaché à lui. Il m'a appris à ne pas baisser les bras.

Afin de lui rendre hommage, j'ai voulu m'investir dans son établissement. J'ai eu l'idée de créer une association afin de faire naître un foyer Socio-éducatif sous le nom d'Agora. J'ai choisi ce nom-là car en grec cela signifie « Assemblée des citoyens et place publique » cela représentait bien l'idée de notre projet. Avec son aide précieuse, nous avons réussi à trouver la salle, trouver des financements pour le mobilier, les travaux et faire vivre cet endroit… La CPE de l'établissement m'aidait également à gérer ce lieu car, étant élève, je n'étais pas libre toute la journée. Elle était géniale, toujours là, à l'écoute et au service du bien-être des élèves.

C'est ainsi que le premier foyer du lycée a vu le jour.

Ce foyer a existé une bonne quinzaine d'années sous la forme que j'avais imaginée, une fierté de plus pour moi.

Par la suite, le chef d'établissement m'a demandé si je souhaitais rentrer dans le conseil d'établissement en tant qu'élève, j'ai accepté avec plaisir.

C'était important pour moi de m'investir. Durant la même période, j'ai été élu au conseil municipal des jeunes dans ma ville natale. J'ai pu travailler avec d'autres élus afin de mettre en place des actions pour faire bouger la ville notamment des balades en rollers, une grande soirée étudiante. Encore une très belle expérience. Si j'ai souhaité participer activement à la vie de ma commune, c'était pour pouvoir m'exprimer et être le relais de mes camarades auprès de l'équipe municipale. La citoyenneté est importante pour moi.

Je devais cumuler le lycée, les spectacles, mes engagements associatifs, mes représentations dans les instances… et c'est avec fierté que j'ai mené à bien mes missions. Je suis devenu un hyperactif. Je ne pouvais rester sans rien faire sinon je m'ennuyais très rapidement.

Mes parents m'ont toujours encouragé dans ce sens. Ils me voyaient heureux. Grâce à mes expériences, je suis devenu un homme apprécié. J'ai eu le droit à un nouvel article dans la presse régionale pour expliquer mon parcours.

Je le répète, il ne faut jamais baisser les bras, toujours réaliser ses rêves.

En parallèle, j'ai continué mes engagements dans des associations en tant que bénévole ou en apportant mon aide en animant des évènements.

J'avais envie de faire autre chose, de relever un nouveau défi dans le milieu du sport. Je me suis donc rapproché du club de basket qui jouait dans l'élite française. Je connaissais déjà le club, car c'était celui que je soutenais quand j'étais petit.

Le club cherchait un bénévole pour passer le balai durant les matchs, au cas où le parquet soit mouillé après la chute d'un joueur. J'ai postulé et je suis devenu le balayeur officiel du club pendant une année.

L'année suivante, je m'étais lassé et j'étais devenu responsable programme. D'année en année, je suis monté de grade (responsable animation et chauffeur de salle devant trois mille personnes, responsable du bar, responsable de la sécurité et responsable des bénévoles d'une équipe de cent personnes). La direction du club me faisait confiance, ils connaissaient ma motivation ainsi que mes engagements. Je suis resté dans le club une dizaine d'années. Il fallait que je m'investisse car je m'ennuyais très rapidement.

J'avais passé mon adolescence à réaliser mes rêves, en montant sur scène, à me rendre utile dans diverses associations caritatives. J'étais vraiment satisfait de moi car, en plus d'être lycéen, j'étais un homme engagé, je faisais des choses utiles pour les autres.

J'ai eu mon bac et j'étais vraiment heureux car, honnêtement, je n'avais plus beaucoup de temps pour faire mes devoirs. J'aurais aimé continuer mes études pour faire un BTS dans l'audiovisuel dans un grand lycée privé rémois mais malheureusement, ma mère n'avait pas les moyens de financer mes études. Elle n'avait qu'un seul salaire pour faire vivre notre famille.

Mes années lycée m'ont énormément appris, je me suis forgé une expérience. Je garderais en souvenir mes cours d'éco-droit, la professeure organisait régulièrement des débats sur des thèmes d'actualités. J'étais particulièrement doué dans cette matière. Toutes les rencontres, tous les moments de ma jeunesse m'ont construit. Chaque personne a apporté quelque chose à la formation de l'homme que je suis. Je pense honnêtement, que le destin fait bien les choses, à chaque moment de ma vie, il y avait quelqu'un, quelque chose qui me faisait grandir.

Je m'étais inscrit pour devenir Gendarme Réserviste dans un groupement régional à l'issue de mon bac car j'avais envie d'intégrer la réserve opérationnelle pour pouvoir servir mon pays. Je trouvais intéressant de pouvoir apporter un renfort temporaire aux forces armées.

J'avais réussi l'entretien, la visite médicale mais au dernier moment avant de commencer la formation, j'ai dû annuler ma venue car j'ai eu une proposition afin de présenter un spectacle avec des célébrités.

Malheureusement, avec du recul je me suis rendu compte que j'étais passé à côté de quelque chose. Quelle idée d'avoir laissé tomber juste pour un spectacle ! Ma mère avait pourtant essayé de me faire changer d'avis, sans succès. J'étais têtu.

Chapitre 5
Ma vie sentimentale

Lorsque mon cœur brûle, je donne tout sans recul.

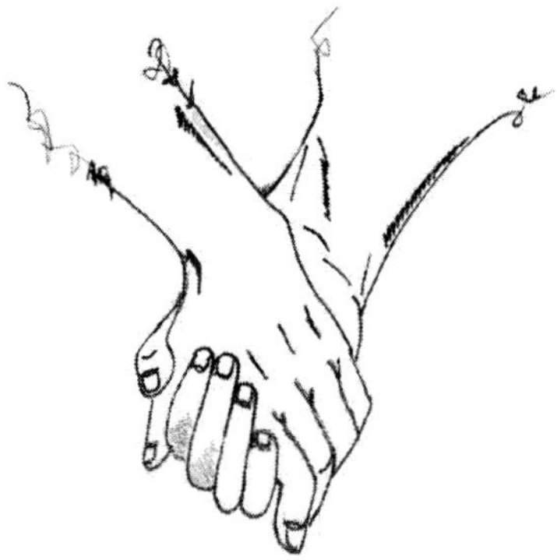

Niveau sentimental, c'était vraiment compliqué. Je voyais que les garçons de mon âge sortaient avec des filles. Mais honnêtement, je ne sentais pas le besoin d'avoir une petite amie, en réalité, je n'étais pas attiré par les filles.

Est-ce la peur de souffrir comme ma mère après son divorce ? Est-ce de la timidité ? Non je ne pense pas. Je regardais beaucoup les garçons. Je n'étais pas capable de trouver une fille belle tandis que je pouvais trouver des garçons beaux.

Durant ma jeunesse, j'ai eu l'occasion d'être en couple avec des filles mais toujours sans sentiment. Je suivais la normalité, je faisais comme les camarades de ma classe.

En vieillissant je me suis rendu compte que je me mentais car j'ai toujours eu des attirances pour les garçons. J'ai donc compris que j'étais homosexuel mais je ne l'acceptais pas, j'avais honte de le dire et de me l'avouer.

Même si les mentalités avaient évolué et même s'il y avait un changement de regard sur l'homosexualité, je savais que le sujet restait tabou dans l'esprit de certains. Il ne faut pas oublier que dans plus de soixante-dix pays, à des milliers de kilomètres de chez nous, aimer une personne du même sexe est toujours considéré comme un crime.

J'ai gardé le secret durant des années. Je n'en ai jamais parlé à personne. Je ne sais pas pourquoi, soit par pudeur ou par fierté. C'était peut-être à force d'entendre des préjugés sur les gays.

J'ai alors menti à beaucoup de personnes afin de cacher mon secret. Je me suis toujours inventé une vie, une copine. C'était un sujet tabou dans ma famille.

À dire vrai, j'ai eu beaucoup de petits copains dans ma jeunesse notamment des chanteurs. C'était plus facile pour moi dans le milieu que je fréquentais. Périodiquement, à partir de mes 17 ans, je commençais à fréquenter le milieu gay (bars, boîtes) entre amis du même bord, mais je n'ai jamais apprécié plus que ça. Le regard insistant et l'attitude de certains me dérangeaient beaucoup. Une année, j'ai été choisi pour présenter un festival gay organisé par une association LGBT. À la fin du spectacle, j'ai pris le temps de parler avec les membres de la structure, en cachant bien entendu mon orientation sexuelle.

Grâce à internet, sur un site d'échange entre jeunes, j'ai fait la connaissance d'un jeune parisien, il s'appelait Paul, il avait 17 ans comme moi, nous avons beaucoup parlé. Au bout de quelques semaines, nous nous sommes rencontrés à Paris. Nous passions des week-ends ensemble dans la capitale, et lui venait sur Châlons de temps en temps. Je prenais régulièrement le train pour me rendre dans la capitale. C'était mes premiers voyages seuls. Au début, je stressais, mais avec le temps j'étais à l'aise avec les transports en commun.

Il assumait son homosexualité, ses parents savaient qu'il aimait les hommes. J'ai toujours dit à ma mère que c'était un ami que j'avais rencontré sur internet. Elle y croyait, c'était le principal pour moi.

Je passais des moments magiques avec Paul. Il m'a fait découvrir Paris, de jour comme de nuit. Il me faisait découvrir les monuments, la vie parisienne. Nous avions pris l'habitude de nous promener en amoureux la nuit, le long de la Seine et à Montmartre. C'était la première fois que je prenais le métro sans mon père. Paul m'a fait aimer Paris. Chaque week-end passé avec lui était des moments de rêve. Sa famille m'a accueilli les bras grands ouverts. Ils vivaient dans un appartement dans un immeuble haussmannien avec une conciergerie. Le cadre était tout simplement magnifique, j'ai le souvenir d'un ascenseur en chêne. Son papa avait trouvé dans cet appartement, un coin agréable, tranquille pour éduquer ses enfants. Il passait son temps à écrire car il était écrivain.

Quand je n'étais pas avec lui, nous avions un rituel, nous nous endormions avec nos caméras allumées via un ancien site de discussions : MSN.

Un week-end, je ne suis pas allé le retrouver car je devais animer un loto géant pour la Croix-Rouge française, c'était un rendez-vous important, plus de huit cents personnes au parc des expositions de Châlons-en-Champagne.

Pendant la pause, j'avais sympathisé avec un jeune secouriste qui s'appelait Roman, nous étions mineurs tous les deux. Nous avons échangé nos numéros. Nous nous sommes très bien entendus. À la fin du loto, nous avons discuté très tard après la soirée. C'est en discutant que nous nous sommes rendu compte que son frère et ma sœur se connaissaient bien, ils étaient pompiers volontaires ensemble. À cette période-là, ils sortaient entre bandes de copains. Que le monde est petit !

Dès le lendemain, nous nous sommes revus. Nous avons pris l'habitude de nous voir tous les jours pour nous balader, bavarder… C'est à ce moment-là qu'il m'a avoué son homosexualité. Il venait souvent avec son meilleur ami. Nous avions des points communs, il était engagé dans une association en tant que secouriste, il aimait la chanson française et plus précisément Garou.

Il était également fils de divorcés comme moi, il passait la semaine chez sa maman et le week-end chez son père.

Avec le temps, je me suis accroché, nous sommes devenus inséparables.

J'ai découvert ce que c'était le mot « coup de foudre ». Il n'était pas au courant, mais je savais que c'était réciproque. Son meilleur ami, « m'avait lâché le morceau ». Je ne pouvais pas faire le premier pas, impossible. Et puis j'étais déjà en couple avec Paul. Je n'ai pas eu la force de le quitter. J'avais trop peur de le faire souffrir. J'ai donc pris une décision injuste pour lui, j'ai disparu du jour au lendemain sans explication.

Un secret que j'ai gardé en moi. Si c'était à refaire, je ne le referais pas. Je suis quelqu'un de vrai avec des valeurs. Je m'en suis voulu. Il n'avait rien demandé. C'était une erreur de jeunesse, j'avais une peur effroyable de décevoir. J'avais passé tellement de bons moments avec lui. C'était peut-être la distance qui me faisait peur.

Le soir même, j'avais donné rendez-vous à Roman afin de lui parler. Son père travaillait à l'armée, nous nous sommes donc retrouvés dans le quartier militaire, afin de nous promener comme nous aimions le faire. Au bout de plusieurs heures de discussions, j'ai enfin fait le premier pas. Me revoilà en couple. Il n'a jamais été au courant de mon histoire avec mon parisien. Je ne voulais pas passer pour un homme sans cœur, c'est le destin qui l'a choisi.

J'ai dû être le déclic, rapidement, il a annoncé son homosexualité à sa maman. Elle était heureuse car elle voulait le bonheur de son fils, c'était le principal pour elle. Elle a souhaité me connaître aussi. Dès le premier jour, nous nous sommes appréciés.

Par la suite, elle a expliqué à ses deux petites sœurs, que leur frère était en couple avec un garçon. J'adorais cette femme, elle était tellement gentille, formidable, exceptionnelle. Elle m'a toujours soutenu et je ne la remercierai jamais assez.

Il l'avait juste caché à son frère et à son père. Je ne pouvais pas lui en vouloir car moi j'avais caché notre histoire à toute ma famille. Par la suite, il l'a annoncé à son grand frère qui a accepté la situation à son tour.

Nous nous voyions tous les jours, tous les soirs. C'était un réel plaisir de parler avec lui, de se promener et surtout de partager nos valeurs et nos engagements associatifs. Quand nous n'étions pas ensemble, nous communiquions sans cesse, c'était devenu une habitude. D'ailleurs, un jour, je n'avais pas de nouvelles de lui, il ne répondait pas à mes appels ni à mes messages. Cela m'a angoissé de ne pas savoir ce qu'il faisait, ce n'était pas normal. Après cinq heures sans nouvelle, sa maman m'a téléphoné pour m'informer qu'il était hospitalisé, il venait d'être transporté par les pompiers suite à un malaise. Il devait faire des examens pour voir si ce n'était pas le cœur. Tout compte fait, plus de peur que de mal, les résultats étaient corrects. Cela venait certainement du stress.

Maintenant que j'étais en couple, que j'avais terminé mes études, je devais chercher un travail afin de gagner ma vie et prendre mon envol.

Malheureusement, nous nous sommes séparés quelque temps pour des broutilles, nous étions jeunes. Quelques semaines après, nous avons repris contact et nous nous sommes remis officiellement ensemble.

J'étais tombé amoureux de lui, je ne voyais que par lui. Dès le premier jour, j'ai eu confiance en lui. Je savais que c'était pour la vie.

Sa maman habitait à quelques rues de chez moi, donc le soir après le repas, je venais sous sa fenêtre pour parler. Il n'avait pas le droit de sortir car il avait cours le lendemain. Je me souviens qu'il m'envoyait des papiers par la fenêtre avec des petits mots doux. Il était si attachant, si doux.

Chapitre 6
La concrétisation

Tricoter avec minutie sa vie, c'est ainsi qu'on réussit.

Je me suis inscrit sur une plateforme professionnelle de l'état afin d'être recruté en tant qu'assistant d'éducation dans un collège ou dans un lycée. Quelque temps après, j'ai eu une réponse positive. Je pouvais être fier de moi, j'ai trouvé un emploi dans l'éducation dans un lycée châlonnais. Je devais surveiller des lycéens et des étudiants de jour comme de nuit, la plupart étaient plus âgés que moi. Je venais d'avoir dix-huit ans. Ma première expérience me plaisait bien, j'appréciais le contact avec les jeunes, le fait de les écouter me plaisait beaucoup. L'association sportive de l'établissement cherchait un entraîneur pour coacher l'équipe des juniors-séniors en basket, j'ai postulé et j'ai eu la chance d'être choisi. À la fin de la saison, nous avons eu l'immense honneur d'être champions de l'académie. Nous avons réussi à créer une cohésion d'équipe.

J'étais heureux, c'était mon premier emploi, j'ai énormément appris aux côtés des lycéens. Avec mon premier salaire, j'ai décidé de financer l'aménagement du jardin de ma mère, afin de la remercier pour son éducation. Je pouvais également offrir des cadeaux à Roman et l'emmener au restaurant pour lui prouver encore plus mon amour. Lui, était encore scolarisé dans un lycée, il faisait des études de comptabilité.

Comme le père de Roman habitait près du lycée, pendant nos pauses méridiennes, nous en profitions pour déjeuner ensemble dans le parc de la résidence. C'était pratique pour nous voir.

Je suis resté un an dans cet établissement et mon contrat s'est terminé. Je ne sais pas pourquoi, mais j'avais envie de reprendre mes études, alors je me suis inscrit pour faire un BTS assistant de direction dans un lycée privé voisin, ma mère ayant accepté de me financer mes études. Pour la première fois, j'avais le droit à une bourse scolaire, j'en profitais pour donner un peu d'argent à ma mère afin de la remercier.

Durant ce temps, je n'ai pas laissé tomber mes engagements bien au contraire. Je me lançais des défis en devenant entraîneur de basket des benjamins-minimes dans un petit club familial. Ce fut une fierté pour moi car dès la première année, nous avons terminé deuxièmes du championnat et premiers la saison suivante. Roman me soutenait à fond et assistait à tous les entraînements et à tous les matchs.

Cela faisait quelques années que mon père était responsable du Téléthon local. Il avait pris la décision d'arrêter car il venait d'être en retraite après 31 ans de service et avait décidé de déménager avec sa femme Céline dans le sud de la France, c'était leur souhait depuis des années. Forcément cette décision m'a fait souffrir car je savais que je le verrais très rarement.

Sans réfléchir, j'ai décidé de reprendre son poste de responsable du Téléthon. C'était encore un nouveau défi pour moi. Décidément, j'aimais cumuler les engagements, les études, les spectacles, le basket, le Téléthon et mon histoire d'amour.

Dès l'année suivante, j'avais réussi à mettre en place un village Téléthon. J'ai négocié avec la municipalité afin de réserver les 29 chalets de Noël afin d'y accueillir des entreprises et des associations. Je devais également organiser un loto géant avec plus de 900 personnes et créer des évènements dans toute la ville. Dès la première année, nous avons récolté une somme inimaginable, plus de 15 000 €. J'avais une équipe de [illegible] bénévoles et ai mis en place un comité d'organisation afin de professionnaliser la structure. J'ai créé également en parallèle une nouvelle association afin de mettre en place des évènements plus facilement. L'objectif était de récolter le plus de dons possible et de multiplier les rassemblements.

J'ai eu la chance de faire des rencontres extraordinaires. Je suis devenu notamment ami avec une femme en or, elle était engagée dans la vie associative et dans la vie politique. Depuis nous ne nous sommes jamais quittés et nous avons fait énormément de projets ensemble. Toujours pour le bien-être des autres.

Quelques années plus tard, suite à la réussite et à la qualité de nos manifestations, nous avons eu la chance de devenir ville ambassadrice avec France Télévision. C'était une très grosse fierté pour moi et mon équipe. Roman était à mes côtés durant tous ces succès. Il me donnait la force de réussir.

Je n'aurais jamais réussi seul, j'étais accompagné de bénévoles, de partenaires, d'artistes formidables, notamment une entreprise familiale de sonorisation, Christian et Stéphane, qui m'ont soutenu dans la plupart de mes manifestations. Je sais d'où je viens et grâce à qui. Je suis reconnaissant envers beaucoup de personnes.

Grâce à mes engagements, nous nous sommes fait énormément d'amis, toujours plus anciens que nous, nous étions déjà très matures pour notre âge. Dès mes premiers pas dans le monde associatif, nous avons fait la connaissance d'un monsieur d'origine italienne très sympathique, agréable et comique, il est très rapidement devenu un ami proche. Nous avons fait la connaissance de son épouse, nous avons partagé énormément de choses, des moments d'amitiés, des moments de partages, de rires…

Il a continué à me suivre lors de mes projets et de mes engagements et en contrepartie, je venais l'encourager lors de ses spectacles. Il était choriste dans divers groupes. Quelle voix !

Une semaine après le Téléthon, je me promenais sur le marché de Noël et j'ai rencontré le Député-maire de l'époque. Il m'avait demandé de contacter son cabinet afin de prendre rendez-vous avec lui dans la semaine. C'était pour me proposer d'être sur sa liste municipale lors des prochaines élections. Sans hésitation, j'ai répondu favorablement à sa demande. Le fait de devenir un élu de la République d'une ville de plus de 45 000 habitants m'honorait.

J'étais vraiment heureux car, en plus, j'adorais ce maire, il était super dynamique pour la ville, je l'ai connu quand j'étais au conseil des jeunes. Durant la campagne municipale, j'ai énormément appris sur le rôle d'élu. Je cumulais les réunions, j'accrochais les affiches… Je me suis donné à fond, j'avais tellement envie que notre équipe gagne.

Quelques mois après, nous avons gagné les élections, je suis donc devenu conseiller municipal et conseiller communautaire de ma belle ville. C'était pour moi l'aboutissement de mes engagements.

J'ai décidé de démissionner de toutes les associations, hormis le Téléthon afin de me consacrer à la mairie, à mes études, à mes animations ainsi qu'à mon couple. C'était une chance pour moi de découvrir le monde de la politique et m'engager pour ma ville natale était un honneur.

Côté familial, j'étais super content, ma sœur venait d'accoucher d'une petite fille, elle s'appelle Éva. J'ai appris quelques mois après que je serai le parrain. J'étais heureux, excité d'avoir une nièce.

Comme ma sœur habitait encore chez ma mère, j'avais la chance d'avoir la petite avec moi toute la journée. J'adorais la faire marcher, jouer avec elle, d'ailleurs au bout de plusieurs mois, elle commençait à faire ses premiers pas, accompagnée bien entendu.

Éva n'a qu'une maman, son père biologique les a abandonnées avant la naissance. Nous ne le connaissions pas, c'est une décision de ma sœur, nous l'acceptons.

Au bout de quelques mois, comme chaque été, nous partions avec ma mère, ma sœur et la petite en vacances afin de nous ressourcer, nous reposer… C'était vraiment cool pour Éva, elle a eu la chance de passer ses premières vacances à Cannes. Décidément, cette ville devient un endroit familial. Nous avions réservé une maison dans un centre de vacances réservé aux fonctionnaires de police.

Lors de toutes nos balades sur la Côte d'Azur, nous lui avons fait découvrir la beauté du coin : les promenades le long de la Croisette, dans les allées d'un parc d'attraction, à la rencontre avec des orques et des dauphins…

J'appréciais particulièrement de la promener dans la poussette, de jouer avec elle comme tous les tontons. C'était à chaque fois des moments incroyables qui resteront gravés dans ma mémoire.

Malheureusement, depuis ses quatre mois, Éva avait souvent des spasmes, des gestes étranges, les yeux qui se retournaient, tous les symptômes d'une crise d'épilepsie. Pour moi cela ne semblait pas grave, il suffisait que ma sœur l'emmène consulter le médecin afin de lui donner un traitement.

Le médecin a souhaité faire des examens pour déceler le problème, car il était impossible d'émettre un diagnostic.

Au bout de plusieurs mois d'examens (Scanner, IRM, prise de sang, examen cutané, Électroencéphalogramme) dans divers hôpitaux avec de nombreux médecins, le verdict tombe ! Selon les dires du professeur :

— Elle est atteinte d'une maladie rare : le syndrome de West. C'est une maladie neurologique très hétérogène caractérisée par la répétition de crises.

Ces mots sont compliqués à comprendre, à accepter. Cette maladie présente des séquelles parfois irréversibles telles que des troubles psychomoteurs (malheureusement, elle ne parle pas, elle ne marche pas) et des troubles de comportement (repli sur soi, déficit de l'attention).

Pourquoi elle ? Pourquoi nous ? Nous nous sommes posé tellement de questions. J'ai tant donné de mon temps, de mon énergie afin de soutenir des enfants malades. C'est maintenant à notre tour d'agir pour soutenir Éva.

Malheureusement, j'ai été beaucoup impacté par cette maladie. Je me suis éloigné d'elle au lieu de la soutenir, de l'aider. Ce n'était pas du tout par peur ou par honte que j'ai agi comme cela mais plutôt parce que je n'ai jamais accepté que ma nièce soit malade. J'ai agi égoïstement ! J'ai toujours refusé de présenter les spectacles organisés à son honneur.

Je sais que je n'ai pas été assez présent pour elle, pour aider l'association que ma sœur a créée pour la soutenir, pour financer une voiture adaptée afin de la transporter plus facilement. Mais le plus important, c'est qu'il y a eu énormément de donateurs, de partenaires et c'est le principal. Je suis une personne impassible, je montre très rarement mes émotions et mes sentiments. Mais je serai toujours là pour ma famille.

En quelque sorte, en donnant mon énergie pour les autres causes, je me battais secrètement contre la maladie des enfants en pensant très fort à ma nièce.

Je trouve tellement injuste de voir des enfants souffrir, des enfants malades.

Dix-sept ans après, Éva est forte, elle se bat contre la maladie assise dans son fauteuil roulant. Elle ne s'exprime pas mais dans son regard, je comprends beaucoup de choses.

Chapitre 7
Mon envol

Liberté d'aimer se construit autour d'un nid.

Je n'ai pas à rougir de mon passé, j'ai toujours pris les bonnes décisions me concernant. J'étais heureux, je vivais un moment magique avec Roman.

Il dormait chez moi, de plus en plus. Nous étions inséparables. Ma mère pensait vraiment que c'était un ami proche. Elle devait s'en douter, elle se mentait sûrement.

Suite à un différend avec sa famille, par respect pour son histoire, je ne dévoilerai pas ce qui s'est passé mais il a dû quitter l'appartement où il vivait avec sa mère, son beau-père ainsi que ses petites sœurs pour retourner habiter chez son père.

Peu après, avec l'accord de ma mère, nous avons pris la décision qu'il vient habiter à la maison. Ma mère l'a accepté comme si c'était son propre fils.

Il s'était découvert une passion pour la magie. Je l'ai énormément soutenu pour qu'il apprenne des tours. Quand j'étais en cours, il passait ses journées à s'entraîner, à apprendre des nouveaux numéros. J'étais fier de lui car il était passionné.

De jour en jour, il comprenait beaucoup de choses, et devenait un vrai magicien de Close-Up. Avec le temps, il avait appris les grandes illusions mais les tours coûtaient très cher.

Entre temps, nous avions décidé avec ma mère de partir en Tunisie, à Sousse, afin de découvrir un nouveau pays, de nouvelles traditions… Pour faire plaisir à mon copain, j'ai décidé de l'aider à financer son séjour. C'était, pour nous deux, notre premier voyage à l'étranger. C'était la première fois que je prenais l'avion, je redoutais ce moment car j'ai toujours eu peur du vide. Je garde de beaux souvenirs de ce séjour, nous étions logés dans un hôtel de luxe avec quatre restaurants, une discothèque, un sauna, une piscine et surtout consommations à volonté. Nous nous sommes beaucoup promenés dans cette ville magnifique malgré les traces de la révolution tunisienne qui avait eu lieu quelques mois plus tôt. J'ai découvert des traditions, des endroits que je ne connaissais pas tels la Médina, des galeries d'art, les souks. J'ai beaucoup aimé la gentillesse du peuple tunisien. C'était un réel plaisir pour moi, de grimper sur des dromadaires, porter des singes…

Ma mère avait fait la rencontre d'un homme belge juste avant notre départ en voyage, elle passait ses soirées avec lui via Skype. Il s'appelait Thierry.

La semaine suivant notre retour en France, elle nous a présenté son nouveau compagnon. Après plusieurs rencontres, nous nous sommes appréciés, c'était un homme gentil et agréable. J'étais content que ma mère ait retrouvé l'amour. Il nous a fait visiter la Belgique à plusieurs reprises et surtout il nous a fait déguster les repas typiques de son beau pays. Eh non, il n'y a pas que les frites !

Thierry avait invité toute ma famille lors des fêtes de Pâques afin de nous présenter sa maman et ses enfants. C'était un moment de découverte agréable.

Par la suite, il est venu s'installer en France, chez nous.

Roman souhaitait travailler afin de financer sa passion. Grâce à mon carnet d'adresses, j'ai réussi à le faire rentrer dans une entreprise en tant que préparateur de commande. Il devait commencer en tant qu'intérimaire. Je connaissais sa persévérance, je savais très bien que l'intérim se transformerait en embauche très rapidement.

Grâce à ses premiers salaires, il se payait des nouveaux tours de magie et des DVD afin de connaître les secrets des plus grands tours.

Je le motivais de plus en plus et nous commencions à créer un spectacle de magie. Il avait de la chance car je connaissais bien le milieu du spectacle, j'ai donc naturellement apporté mon expérience afin d'en faire un spectacle magique.

Il a joué son premier spectacle dans un établissement spécialisé avec des enfants en difficultés devant des élèves internes. Ce fut une réussite.

Suite au premier succès, je lui ai trouvé quelques contrats pour qu'il puisse s'exercer devant un public. Avec le temps, il a réussi à se faire un nom, et sa petite carrière pouvait commencer.

Durant de nombreux mois, il correspondait avec un magicien d'Albi, ils échangeaient sur leur passion, la magie. Un jour, nous avons pris le train, direction le Sud afin de le rencontrer. Ce week-end, reste gravé dans mes souvenirs, nous avons eu un accident de train. Nous avons percuté un dromadaire. Improbable mais c'était réel, l'animal avait fugué de son cirque.

Le soir même à l'hôtel, tous les programmes télé ont été perturbés car Mickaël JACKSON venait de mourir. C'était un moment marquant dont je me souviendrai longtemps. J'étais content car Roman était ravi de voir son ami magicien en vrai.

J'étais prêt à tout pour lui, c'était un réel plaisir de l'accompagner afin qu'il devienne magicien et qu'il puisse commencer dans le monde du travail.

C'était à mon tour, de chercher un emploi. Je venais de finir mes études, j'avais décroché mon BTS Assistant de direction. Durant mes études supérieures, j'ai eu la chance de rencontrer une camarade avec qui nous avions des valeurs communes. Nous avions mis en place de nombreux projets afin de faire bouger notre promotion. Par la suite, elle m'a suivi dans mes engagements extérieurs. Nous sommes toujours restés en contact. Je suis admiratif de son parcours.

Grâce à mon ancien directeur qui m'a redonné confiance en moi, j'ai eu la chance d'obtenir tous mes diplômes du brevet au BTS.

J'ai postulé dans des établissements scolaires de la région afin de devenir assistant d'éducation. Je souhaitais travailler dans l'éducation afin d'avoir du temps pour mes futurs projets.

J'ai été recruté dans un collège en tant que surveillant d'internat durant une année scolaire ainsi que dans une école, le temps de midi pour surveiller la demi-pension. Cela me laissait du temps pour me consacrer à mes engagements ainsi qu'à mes loisirs.

J'avais beaucoup plus de liberté mais j'avais envie de changer de combat, de mission afin de découvrir autre chose. J'ai donc quitté l'organisation du Téléthon châlonnais, je pouvais partir la tête haute et être fier de moi. Je souhaitais réfléchir à mon avenir, faire des choses que je ne connaissais pas.

Durant ce temps de réflexion, j'animais toujours des spectacles et j'accompagnais mon illusionniste dans les siens et surtout je prenais du temps pour moi, de nous. C'était maintenant plus simple comme il habitait sous mon toit.

Pour nous détendre, nous partions souvent nous balader dans la capitale. Nous en profitions pour rendre visite à sa famille qui vivait dans une petite ville près de Paris.

Quand je partais en vacances avec ma mère, il devait rester chez moi car il avait des obligations professionnelles. Nous nous téléphonions matin, midi, soir et je lui écrivais une carte postale par jour. Nous étions tellement fusionnels.

Dès qu'il y avait des vacances, nous partions chez mon père dans la Drôme. Il avait fabriqué un studio dans un chalet afin de faire des chambres d'hôtes. Nous profitions du chalet pour l'hébergement. De merveilleux souvenirs…

Je vivais un rêve, j'étais au paradis. J'étais fier de l'avoir aidé à trouver du travail, de l'avoir hébergé durant des années et surtout qu'il puisse réaliser son rêve : monter sur scène à son tour. Je n'attends rien de personne, ni un remerciement, ni une reconnaissance car si je l'ai fait c'est tout simplement par choix.

J'avais une réelle confiance en lui, car je savais que jamais il ne me trahirait. Jusqu'au jour où je me suis aperçu qu'il fréquentait une autre personne, une amourette rien de plus. Je le connaissais également, c'était le fils d'un de mes collègues à la mairie.

Je m'en suis aperçu car, un jour, il avait oublié son téléphone portable à la maison, je suis tombé sur des messages. Ils avaient profité du fait que je parte en séminaire avec l'équipe municipale pour se rencontrer. Je l'attendais de pied ferme à la maison afin d'avoir des explications.

La seule raison que j'ai eue de sa part c'était :

— C'est parce que tu es parti en week-end en formation avec la mairie, j'ai eu peur et je me sentais seul. Il a su m'écouter et me soutenir.

Bien entendu, je n'ai pas cru un seul mot de ses arguments mais j'ai vite pardonné en gardant au fond de moi une immense tristesse. Quand on aime, on pardonne… Je crois en la deuxième chance. Nous avons tous le droit à l'erreur.

Je me suis tellement sacrifié pour lui, c'est comme ci j'avais reçu un coup de poignard dans le dos. Par respect pour lui, j'ai fait des sacrifices, il était jaloux, j'ai coupé les ponts à contrecœur avec mon ami Maxime. J'en ai tellement souffert au fond de moi. Malgré son adultère, j'ai souhaité lui pardonner afin de me sentir plus léger et retrouver le chemin de l'apaisement pour mieux avancer.

Avec le temps, nous avons réussi à avancer ensemble et nous avions des rêves plein la tête, c'était le principal.

Roman avait deux demi-sœurs, Léa et Juliette, c'était des filles formidables. Dès la première rencontre, nous nous sommes attachés. Je les voyais souvent, nous partagions des moments agréables, des moments magiques. Elles me touchaient vraiment, je ne sais pas pourquoi, mais je les considérais comme mes propres sœurs. J'étais prêt à tout pour elles.

Je savais que nous aurions un magnifique avenir tous ensemble. Je venais de finir mes contrats dans les établissements scolaires et je cherchais à nouveau du travail. Aussitôt, j'ai eu la chance de trouver un contrat intérimaire en tant que vendeur de comptoir au SAV d'une grande enseigne d'électroménager.

Au bout, d'un mois le directeur, m'a proposé un CDI car il était satisfait de mon travail. J'ai forcément accepté avec fierté.

Mais les élèves me manquaient, j'avais besoin de contact avec la jeunesse. J'avais envie de rendre hommage à l'ancien directeur qui m'avait fait confiance et en aidant à mon tour les jeunes en difficulté. J'ai alors démissionné de mon travail et j'ai eu la chance d'être recruté en CDI à plein temps dans un lycée rémois.

Durant la même période, Roman, a été recruté en CDI également.

Grâce à nos contrats, nous nous sommes offert une voiture chacun. Nous avions pris la décision de prendre notre envol. L'organisme logeur nous a proposé un petit studio dans le centre-ville de Châlons. Nous avons accepté de suite, c'était notre premier appartement.

Il n'y avait pas besoin de beaucoup de réflexion pour sauter le pas, nous vivions déjà ensemble depuis cinq années. Encore un grand merci à ma mère et à Thierry, mon beau-père de l'avoir accepté chez nous. Je ne leur avais toujours pas annoncé que j'étais en couple. Mais je sais qu'ils étaient au courant même s'ils ne m'en parlaient jamais. Thierry est quelqu'un ouvert d'esprit.

L'emménagement s'est très bien passé. Moi qui ai toujours vécu dans une maison, je me suis vite habitué à vivre dans un petit appartement. Je savais très bien que c'était provisoire. L'important était de vivre avec lui.

J'avais commencé mon contrat au sein du nouveau lycée, j'aimais beaucoup l'esprit familial de l'établissement. Je me suis senti à l'aise très rapidement.

L'année suivante, Léa faisait sa rentrée dans mon établissement scolaire. J'étais satisfait car je pouvais la surveiller. Au moins, elle avait un repère dans le lycée. Tous ses camarades pensaient que j'étais son frère. Cela m'allait très bien comme ça. J'ai toujours eu peur qu'elle ne fasse une gaffe en disant que j'étais en couple avec son frère. J'avais certainement peur du jugement.

Pendant toutes les récréations, les permanences, le temps de midi, elle restait avec moi. Nous étions devenus inséparables. J'étais obligé de la voir sinon je me sentais mal.

Nous sortions souvent le week-end avec les filles dans des parcs d'attractions, au bowling, à des matchs de basket, à des émissions de télévisons. Je me souviens également de les avoir emmenées à l'improviste dans une salle de théâtre à Paris pour assister à un spectacle de Mimie Mathy. C'était un moment magique. La surprise était réussie. Elles étaient heureuses et épanouies.

Léa se confiait souvent à moi sur ses amours, sur sa scolarité, sur sa passion, elle a toujours rêvé de devenir policière. Je ne pouvais que la soutenir dans cette démarche car c'est une profession que je connais bien. J'étais l'un des premiers à l'encourager dès le début avec son grand frère, qui était policier également à Paris.

Quelques années, plus tard, la sœur de Léa faisait son entrée au lycée également. J'avais les deux sœurs avec moi. Je les voyais tous les jours. Nous devenions fusionnels. Jamais je n'oublierai ces moments.

Au bout de quelques mois, nous avions décidé de déménager afin de prendre un plus grand appartement. Nous avions trouvé un superbe duplex juste en face du travail. C'était vraiment génial d'avoir juste une route à traverser pour aller travailler.

C'était également la fin de la mandature municipale. Durant six ans, j'avais énormément appris et j'avais fait de merveilleuses rencontres. C'était la première fois que j'avais l'opportunité de rencontrer des ministres, des députés.

Participer à des commissions, à des conseils municipaux et communautaires était pour moi quelque chose de flatteur. J'étais assis aux côtés d'élus mais avant tout, ils étaient avocat, médecin, député, ministre. Sans arrêt, je devais prendre la parole en public pour expliquer des délibérations, donner mon avis et voter. Je passais des soirées en réunion, je faisais partie de plusieurs commissions et de nombreuses représentations du maire. J'ai eu la chance également durant ma mandature d'être président de plusieurs bureaux de vote, c'était vraiment intéressant d'être au cœur de la démocratie. Dans toutes mes rencontres, ce que j'aimais le plus, c'était être à l'écoute des administrés, des associations… Honnêtement c'était vraiment une fierté pour moi de vivre cette expérience car c'est vraiment enrichissant.

J'ai eu la chance de faire des formations à l'Assemblée nationale, déjeuner en groupe avec une ancienne Première Dame, dialoguer avec un ministre sur mon parcours. Que dire de plus ?

Une expérience incroyable pour un jeune. J'ai tellement pris de maturité grâce à mes engagements. J'ai pu rencontrer de belles personnes telles que le directeur de cabinet avec qui j'ai énormément appris.

Honnêtement, si je pouvais me permettre de donner un conseil aux jeunes :

— Engagez-vous dans la vie, que ce soit dans une association ou dans la politique, c'est tellement enrichissant et valorisant.

Malheureusement, le maire sortant ne se représentait pas. Quelle déception, il a tant donné et fait pour sa ville. Depuis très jeune, j'étais un partisan de ce maire. J'ai toujours été passionné par la politique nationale.

Je me souviens que, depuis très jeune, j'accrochais dans ma chambre des affiches de l'ancien ministre de l'Intérieur, qui est devenu par la suite président de la République, Nicolas Sarkozy. J'ai eu la chance de le rencontrer à plusieurs reprises, lors de meetings, de visites et j'ai eu l'immense honneur de l'interviewer pour une Web radio. C'était un des plus beaux jours de ma vie. Un moment unique, un instant magique et un souvenir inoubliable.

Le futur candidat pour le poste de maire a présenté sa nouvelle équipe pour la prochaine mandature. Mais malheureusement, je n'ai pas été choisi pour y entrer. Il était en train de monter une équipe d'ouverture avec des personnalités de droite, du centre ainsi que de la gauche, c'était à la mode. Personnellement, je n'ai jamais pris de carte d'adhérent dans un parti politique car j'étais un jeune homme libre avec des convictions. Je ne suis jamais rentré dans la guerre des politiciens, j'appréciais tout le monde, les élus de la majorité et de l'opposition.

Nous avions tous un point commun, l'amour de notre ville que l'on soit de droite, de gauche ou extrême droite… Peu importe, le plus important c'était l'échange, la démocratie. J'étais même devenu proche d'un opposant sans partager ses idées. Une pensée pour lui qui nous a quittés trop tôt.

C'était sûrement pour ces raisons que je n'ai pas été choisi, mais j'ai trouvé cette décision politique injuste car durant les six années précédentes, je m'étais investi à fond pour une indemnité d'environ soixante-quatre euros par mois.

J'en ai voulu un peu au futur maire car je l'ai toujours apprécié. Je n'ai pas accepté la façon de faire. Il m'appelle pour me rencontrer, et me donne rendez-vous sur un banc de la gare car il devait retrouver la capitale pour son mandat de député afin de me dire :

— Julien, malheureusement je n'ai pas pu te prendre dans l'équipe car j'ai dû faire des choix mais ne doute pas de tes compétences car tu as très bien travaillé.

Est-ce l'endroit idéal pour recevoir une personne ? Est-ce une façon de faire ? Je ne sais pas, mais je ne pense pas.

Depuis ce jour, j'ai un gros blocage avec lui, j'ai fait des choix, des erreurs sûrement, j'ai agi idiotement en soutenant une équipe d'opposition. Je n'ai jamais eu l'occasion de reparler avec lui de ce sujet.

Mais au fond de moi, sans rien dire, j'ai toujours apprécié son magnifique travail pour la ville. Je suis reconnaissant pour son magnifique parcours, son combat. Apprécier une personne sans lui montrer, c'est vraiment très difficile.

Toutes ces blessures profondes m'ont sûrement rendu hyper sensible.

Je n'avais pas le droit de me plaindre car j'avais une chance immense d'être élu dans une ville moyenne. C'est une expérience de plus.

À cause de mes engagements, malheureusement, je suis passé à côté d'énormément de choses. Je ne pouvais pas profiter correctement de ma famille. Je rendais visite à ma grand-mère quelques fois rapidement car j'avais souvent des obligations.

Chapitre 8
Mes rencontres

Être à l'écoute permet de bâtir sa route.

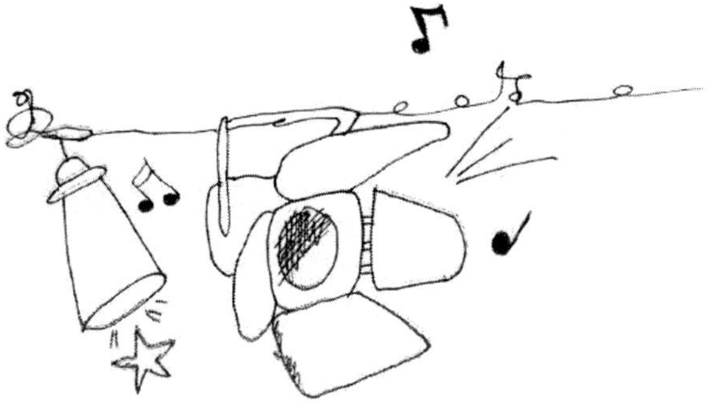

Suite à la fin de mon engagement politique, j'avais plus de temps libre, plus de liberté, plus de temps pour me consacrer aux autres, à ma famille, à mes amis… Je continuais à prêter ma voix ainsi que mon énergie aux associations afin d'animer des spectacles, des lotos. Tant qu'elles récoltaient des fonds, c'était le principal. Je connaissais la difficulté de récolter de l'argent.

Depuis ma merveilleuse rencontre avec Sophie, j'appréciais de lui rendre service, je l'ai connue au début de ma période Téléthon, nous étions responsables dans nos communes respectives. Elle était également élue au conseil départemental et Première adjointe d'une ville voisine.

J'ai toujours aimé cette femme, car c'était une personne engagée, nous avions plusieurs points communs : l'ADN associatif dans le sang, le partage, l'entraide et l'amour. Je n'ai jamais vu une personne aussi déterminée pour réussir quelque chose. C'était si important pour elle d'être impliquée dans la vie associative.

Politiquement, nous n'avions pas les mêmes idées, peu importe. Le principal, c'était de s'entendre, d'être sur la même longueur d'onde.

Durant quatre ans, elle a souhaité me donner une chance en m'employant dans sa mairie en tant que Directeur Adjoint d'un grand centre de loisirs. Je travaillais durant les vacances scolaires. J'ai effectué de merveilleuses rencontres, des personnes incroyables. Je garderai un très bon souvenir de cette nouvelle expérience.

Comme j'avais encore un peu de temps libre, elle souhaitait que j'organise une manifestation dans sa commune.

Après réflexion, j'ai eu l'idée de créer un grand concours avec des artistes locaux et des célébrités dans le jury. Je souhaitais organiser une manifestation au profit des Restos du Cœur. C'était important pour moi de me mobiliser pour cette noble cause. Autour de moi, je voyais de plus en plus la misère humaine augmenter. Coluche devait se retourner dans sa tombe en voyant l'état de la France. De plus en plus de personnes n'arrivaient pas à finir le mois.

Au début, les Restos du Cœur devaient être créés pour quelques années. Plus de trente ans après, cette association existe toujours. C'est donc important de faire des dons, d'organiser des manifestations, des collectes afin de récolter des repas.

L'idée du show, c'était le même principe que l'émission de télévision qui dévoile des talents incroyables sur une grande chaîne. Un grand concours avec divers talents (chant, danse, musique, humour, cirque…)

Je savais que ce concept pouvait intéresser le public, de potentiels candidats ainsi que des artistes.

Sophie a été séduite par le projet, elle était super motivée. Elle avait confiance en moi. J'ai toujours su qu'ensemble nous pouvions créer de belles choses.

Pour ce premier rendez-vous, j'ai dû imaginer et créer le spectacle. Il fallait trouver des candidats, séduire des partenaires et convaincre des célébrités. Ce n'était pas une tâche très compliquée pour moi. J'avais le concept dans la tête, alors j'ai sensibilisé tous mes contacts.

J'ai réussi à faire venir, plusieurs candidats emblématiques de France, de Belgique, d'Allemagne, qui ont participé au télé-crochet notamment un jeune chanteur belge avec qui j'ai lié une amitié. C'est un plaisir pour moi de le connaître ainsi que ses parents. C'était des personnes tellement agréables et gentilles. J'en garde un énorme souvenir.

Comme j'étais fan du présentateur de l'émission, j'ai pris contact avec la chaîne afin d'expliquer mon projet. Je me suis donc rapproché de son agent artistique et bingo, il a accepté directement ma proposition d'être président du jury. Quel honneur, quelle chance !

Plusieurs artistes de la région ont répondu présents à mon rendez-vous : un imitateur, un humoriste, un chanteur, même mon compagnon magicien était présent à ce rendez-vous.

J'avais trop de candidats. J'ai donc dû organiser un casting afin de sélectionner les meilleurs. C'était compliqué car il y avait un très bon niveau artistique.

Je devais choisir également un jury professionnel composé de professeurs de musique, de théâtre, d'acteurs de télévision ainsi que de chanteurs.

J'ai rencontré des personnes exceptionnelles notamment Laurence, une maman qui chantait avec sa fille, c'était sublime. La maman était surprenante, elle était tatouée de partout, j'ai appris après l'évènement que c'était une tatoueuse professionnelle.

Je n'ai jamais été attiré par les tatouages, mais l'œuvre d'art qui la recouvrait était magnifique. Vous verrez par la suite que cette rencontre marquera mon avenir.

Pour finaliser l'affiche du spectacle, il ne me restait plus qu'à trouver un parrain pour cet évènement, et un jour en lisant le journal, j'ai découvert par surprise que dans notre ville, il y avait un jeune acteur qui tournait énormément de films.

J'ai regardé quelques films et j'ai beaucoup aimé ce qu'il faisait. Je me suis donc rapproché de sa maman car elle gérait la carrière de son fils. Enfin, j'avais trouvé mon parrain !

Entre temps, c'était la rentrée scolaire, je devais reprendre le travail dans mon lycée. Avec la plus grande surprise, j'ai découvert que cet acteur était un nouvel élève.

Encore une coïncidence, nous avons fait connaissance, et avec le temps, nous sommes devenus proches. Nous passions énormément de temps ensemble. J'essayais de l'impliquer dans les manifestations dès que je le pouvais. Je m'entendais très bien avec sa famille.

Nous nous appelions, « Frérot ». Sa famille était le reflet de cet acteur, une famille incroyable. Des parents exceptionnels. J'en ai rencontré des personnes, mais eux, ils étaient tellement simples et sincères. Comment oublier de telles personnes ?

À vrai dire, c'était un peu compliqué au lycée entre lui, mon protégé, et mes sœurs de cœur. Elles étaient un peu jalouses de cette situation car je ne leur portais plus autant d'attention qu'avant. Il ne fallait pas, je tenais tellement à elles. Elles faisaient intégralement partie de ma vie.

Le jour J arriva, c'était le moment du spectacle « TALENT EXCEPTIONNEL ». Le principe de la billetterie était simple, le public devait rentrer dans la salle contre trois boîtes de conserve. L'objectif était de faire une pyramide de l'espoir. Auparavant, j'ai eu l'idée d'organiser une récolte dans mon établissement scolaire, et nous avons récolté 600 boîtes de conserve. C'était une avance, pour réaliser notre défi.

Le soir du spectacle, nous avons eu le plaisir de recevoir 650 personnes, malheureusement, nous avons dû en refuser plus de 300. Ce fut un véritable succès, une satisfaction pour nous et surtout un défi réalisé pour la commune avec une pyramide de plus de 2000 boîtes pour les Restos du Cœur.

Grâce à cet évènement, j'ai rencontré des personnes merveilleuses : Chris, Julie, Laure, Franck, Sébastien, Marie, Fabien, Fanny et j'en passe, bien entendu ! Nous avons tous tissé un lien d'amitié par la suite. D'ailleurs quelques mois plus tard, nous étions invités avec mon conjoint au mariage de deux bénévoles Sébastien et Marie. Un très bon moment. Suite à cette cérémonie, nous nous sommes rapprochés de Fanny, une femme si douce. C'était la conjointe de l'imitateur Fabien.

Je garderai un énorme souvenir de cet évènement. Ce qui me passionnait le plus, c'était la promotion de l'évènement, nous étions invités sur les plateaux TV, dans les studios de radio ainsi que dans les rédactions des journaux. Nous avons beaucoup ri avec mon « frérot », parrain de l'évènement.

Depuis ce rendez-vous, trois éditions ont vu le jour, le public a toujours été au rendez-vous. Les célébrités également (acteurs de cinéma, chanteurs, présentateurs vedettes, humoristes…). Un moment mémorable, magique.

Je voudrais remercier encore une fois, les artistes, les bénévoles, le public et également les partenaires. J'ai rencontré de très belles personnes.

Vous verrez par la suite que certaines de ces personnes ont été importantes pour moi, pour ma vie ainsi que pour mon avenir. Encore une fois, je ne crois pas aux coïncidences. Je pense honnêtement que notre histoire est écrite d'avance.

Quelques mois, plus tard, je souhaitais me donner des défis supplémentaires, j'ai créé un projet en lien avec les élèves de mon établissement. J'ai eu l'idée de créer un livre sur la discrimination (sociale, raciale, religieuse, sexuelle…).

J'en ai de suite parlé avec l'animatrice de la pastorale de l'établissement, elle était ravie. Elle a souhaité s'associer à moi.

Nous avons réussi à sensibiliser les jeunes sur ce projet et nous avons récolté des poèmes, des dessins, des photos, des témoignages d'élèves du primaire à la terminale. Plus de 1000 élèves ont collaboré. Nous avons également demandé à des célébrités, à un ancien président de la République, des médecins, un évêque, un imam, des auteurs… un témoignage, un message sur le sujet. Ils ont tous répondu favorablement.

Nous avons créé un shooting photo grâce à mon ami photographe afin d'illustrer le livre. Nous avons imaginé un logo pour les opérations publicitaires.

Mon « frérot », l'acteur de télévision, était également parrain du recueil.

Il ne restait plus qu'à créer le livre en sélectionnant les plus beaux textes, les plus belles images et photos ainsi que les témoignages les plus touchants. J'ai travaillé jour et nuit afin de le mettre en page.

Six mois plus tard, le livre « EXPRESSION » voyait le jour. Nous l'avons fait imprimer en un très grand nombre d'exemplaires, tous les livres ont été vendus.

Pour la sortie du livre officiel, nous avons organisé une cérémonie ainsi qu'un spectacle dans la chapelle du lycée avec des artistes ainsi que des élèves. Le public était venu nombreux, applaudir les artistes et surtout encourager nos petits écrivains. J'en garderai un énorme souvenir, la naissance du livre restera gravée dans mon cœur. Le sentiment de fierté était au rendez-vous.

Je me dis souvent que j'ai eu énormément chance de vivre ces moments-là. Des années sous les projecteurs.

Dès que j'avais une idée, je fonçais pour la mettre en œuvre. C'était mon côté hyperactif. Mais j'ai toujours eu la chance de pouvoir aller jusqu'au bout de mes ambitions ainsi que de mes rêves.

J'avais toujours été un homme actif, je pense que c'était pour oublier mes blessures profondes, essayer d'oublier le divorce, mon homosexualité ainsi que mon ancien parcours scolaire.

Chapitre 9
Notre premier investissement !

Les biens fondent le confort et l'amour est mon or.

Au bout de tant d'années de cohabitation, il était temps pour nous de réfléchir à acheter un bien immobilier. Tous les membres de ma famille sont propriétaires, il était important pour moi de le devenir aussi. C'était une évidence !

Sans réfléchir, notre choix s'est orienté vers une maison avec un extérieur, ce dont j'ai toujours été habitué depuis ma naissance. De plus, j'ai toujours voulu avoir des animaux. Depuis notre envol, nous étions en appartement, donc notre objectif était d'avoir une maison.

Nous sommes partis à la banque pour nous renseigner sur notre capacité d'emprunt. Suite à ce rendez-vous, nous nous sommes mis à la recherche d'un bien via des sites internet. Après quelques jours, de recherches, nous sommes tombés sur une annonce intéressante. Une petite maison dans un petit village à 24 kms de notre ville avec jardin devant et derrière, à un prix raisonnable.

En deux temps, trois mouvements, nous avons téléphoné à la conseillère immobilière afin d'avoir plus de renseignements et avoir une date pour une première visite. Dès le lendemain, une visite était programmée.

Lors de cette visite, c'était l'unique d'ailleurs, nous avons découvert une belle maison plain-pied. Tout était à refaire à l'intérieur, rien ne nous plaisait mais elle avait un fort potentiel et les travaux ne nous faisaient pas peur. C'était une personne âgée qui y vivait. La maison était bien entretenue mais un peu défraîchie à notre goût. Il nous faudrait la moderniser un peu. Elle avait néanmoins un charme fou. Elle nous a plu aussitôt à tous les deux. Nous savions que ce serait celle-là et pas une autre.

Elle n'était pas très grande, mais elle suffisait largement pour un couple. Elle disposait de cinq pièces dont deux chambres. Il y avait également un garage indépendant ainsi qu'une dépendance au fond du jardin.

Honnêtement, nous aimions beaucoup cette petite maison. Nous la trouvions charmante et elle avait un réel potentiel. Deux jours après, nous avons demandé une contre-visite afin de nous conforter dans notre décision. Nous avons regardé les moindres petits détails. Elle allait devenir notre nouveau cocon familial. Nous étions surexcités et tellement heureux.

C'est avec beaucoup d'émotion et de joie que nous avons annoncé à l'agent immobilier :

« Cette maison, elle est pour nous, nous faisons une offre immédiatement. »

Avant d'avoir la réponse définitive du propriétaire, l'agent immobilier nous a conseillé de faire appel à un courtier. Il avait eu plusieurs désistements par le passé et cela permettait de mettre toutes les chances de notre côté pour cette acquisition, de voir la faisabilité de notre projet.

Nous nous sommes donc mis à la recherche d'un courtier en prêts immobiliers. Après de nombreux rendez-vous, notre dossier a été accepté par la banque. Le courtier a pris en main notre projet, il nous a fait gagner du temps et de l'énergie. Il nous a aussi permis d'économiser une somme conséquente car il nous a obtenu un taux très avantageux. C'était une joie immense, une fierté de devenir propriétaire.

Trois mois plus tard, nous avons eu notre rendez-vous avec le notaire afin de signer et récupérer les clefs de cette maison.

En réalité, nous avions mis le nom de mon compagnon dans le dossier, donc c'est lui qui devait signer le contrat de vente. Je ne pouvais pas être sur le contrat car j'avais déjà le crédit de notre nouvelle voiture. J'ai toujours aimé les voitures, en huit ans, nous en avons eu sept.

Il était prévu que nous rajoutions mon nom ultérieurement. Il n'y avait pas de problème, j'avais totalement confiance en lui, j'ai donc accepté sans réfléchir. Par amour, nous sommes prêts à tout.

Comme le dit la citation, « l'amour rend aveugle. »

Ça y est, nous étions propriétaires, nous avions les clefs de notre maison. Dès l'ouverture de la porte, nous avons commencé à casser les murs de l'intérieur car nous voulions créer une grande pièce pour le salon et le séjour ainsi qu'une cuisine ouverte. Nous n'avons donc gardé qu'une seule chambre. Nous avons commencé les travaux au plus vite.

Nous avions mis beaucoup d'argent de côté afin de financer les travaux. Il nous fallait trouver un plombier, un menuisier. Nous voulions changer toutes les portes ainsi que toutes les fenêtres afin de permettre une meilleure isolation.

Nous avons travaillé jour et nuit. Toutes ces transformations ont été possibles grâce à l'aide précieuse du frère et du beau-père de Roman. Son beau-père nous a aidés à refaire les plafonds et les sols, et son frère a remis l'électricité aux normes. Ses petites sœurs ainsi que quelques amis nous ont aussi accompagnés comme ils le pouvaient dans la réalisation des travaux.

Il fallait tout refaire, tout réinventer afin d'en faire un lieu de vie agréable. C'est simple, nous n'avons gardé que les quatre murs porteurs et nous avons tout refait de l'électricité à la plomberie, du sol au plafond.

Grâce à cette expérience, nous avons appris beaucoup de choses en bricolage. Nous avons visionné beaucoup de tutos.

Je serai toujours reconnaissant envers les personnes qui nous ont aidés, c'était vraiment gentil de leur part. Ce qui m'a touché le plus, c'était la présence des petites sœurs car, malgré leur jeune âge, elles étaient présentes avec comme objectif : apporter leur aide et s'assurer de notre bien-être.

Je me souviendrai très longtemps de tous ces moments, il y a eu énormément de fous rires avec la grande sœur de Roman.

Moins de deux mois après la signature, les travaux étaient terminés. Nous pouvions être fiers de nous. Nous avions réalisé, de nos propres mains, la maison de nos rêves.

Afin de nous détendre et de nous faire plaisir, nous avons installé un chalet pour y mettre un jacuzzi ainsi qu'une piscine. C'était des moments de détente très agréables et bien mérités. Nous avons installé devant la maison un bassin et une cascade d'eau afin de faire un coin zen. J'avais envie d'éclairer notre façade, j'ai donc trouvé des rampes de lampes LED pour façade. Toute l'année, je pouvais choisir une animation, une couleur différente selon nos envies. C'était un plus qui donnait du cachet à la maison. C'était plaisant de voir des passants s'arrêter devant afin de regarder nos décorations.

Par la suite, nous voulions aménager un peu l'extérieur, donc nous sommes allés nous promener dans une jardinerie afin d'acheter des arbustes. Mais ce jour-là, il y avait des éleveurs canins avec de nombreux chiots. Comme j'adore les animaux, j'ai donc profité de l'occasion pour aller les voir.

Dans le parc, il y avait un petit malinois, dans un coin, qui me regardait sans cesse avec un regard triste. Je suis allé le voir pour le caresser. Il était tellement heureux que l'on s'occupe de lui. Il me sautait dessus afin que je le porte. Mais pas question de l'acheter, ce n'était pas prévu pour le moment, de plus nous partions en vacances chez mon père dans la Drôme, quinze jours après.

Nous sommes allés nous promener à l'extérieur du magasin afin de voir les différentes variétés de plantes. Nous avons trouvé de magnifiques palmiers pour notre espace extérieur.

Avant d'aller à la caisse, nous sommes repassés voir les chiots. Quand le malinois m'a vu, il est venu en courant sur moi en remuant la queue, il était excité de me revoir. C'était tellement mignon. Il n'en fallait pas plus pour me faire craquer…

Nous avons donc pris la décision d'adopter le petit chiot. Nous lui avons donné le nom de Djarko. Nous aimions bien ce prénom.

J'étais super heureux de l'avoir. Dès la première minute, nous nous sommes apprivoisés l'un et l'autre. Nous étions vraiment proches. Je l'emmenais partout et il était tellement heureux de courir dans son nouveau jardin.

Quelques semaines plus tard, j'ai souhaité acheter deux poules ainsi que des oies. Mais pas question de les enfermer dans un enclos. Elles étaient en liberté dans le jardin avec Djarko. C'était important pour moi d'avoir des animaux, j'en avais tellement rêvé. Lorsque tu rentres à la maison, et que tu vois des animaux te courir dessus pour te dire bonjour, il n'y a rien de mieux pour passer des moments agréables.

L'amour des animaux était un point commun supplémentaire entre nous. De plus, nous avions également des colombes, ce sont des oiseaux tellement splendides. Ils représentent la paix, la pureté et la beauté. Roman s'en servait pour réaliser ses tours de magie. Il pouvait les faire apparaître et disparaître sans cesse. J'étais toujours impressionné de le voir réaliser ses tours.

Nous continuions à avoir des spectacles régulièrement, lui en tant que magicien et moi en tant que présentateur. C'était notre plaisir. Il était vraiment doué dans ce domaine.

En plus de nos passions, de nos emplois, il travaillait certains soirs et week-ends. Il faisait des extra en tant que serveur dans diverses réceptions. C'était pour avoir plus d'argent afin de financer d'autres projets pour la maison ou pour nos loisirs.

D'ailleurs, nous nous sommes fait plaisir et nous avons investi dans un quad pour nos balades. C'était vraiment plaisant de se promener durant nos temps libres dans les bois et dans les champs. Quelle sensation de rouler à toute vitesse dans des chemins boueux !

La semaine suivante, nous sommes partis quelques jours dans la Drôme chez mon père et ma belle-mère afin de passer un séjour agréable. Nous avons fait garder Djarko par la maman de Roman car il n'aurait pas supporté de faire autant de route, c'était encore un bébé.

Comme je suis passionné par la féerie de Noël, nous en avons profité pour visiter des marchés de Noël de la Drôme et de l'Ardèche. Nous sommes partis skier dans les montagnes.

Lors de notre séjour, il a plu énormément. À un moment, une rivière, la Garonne a même débordé. C'était surprenant, une vague a inondé le village entièrement. Nous voyions des voitures suivre le mouvement de la rivière en colère. Nous avons su par les informations que toute la Drôme et l'Ardèche avaient été touchées. Nous avons, avec mon père, aidé les habitants à dégager leurs affaires. Par endroit, il y avait un mètre d'eau dans les maisons.

À chaque fois que nous partions, nous apprécions avec mon père de nous rendre à Lyon dans l'un des plus grands centres commerciaux d'Europe et d'assister à un match de basket pour supporter l'une des plus grosses équipes d'Europe. C'était toujours des moments de découvertes, de loisirs et de partage. Nous avions des habitudes, nous visitions beaucoup de choses.

Il y a quelques années, mon père avait repris la présidence d'une association d'animation dans son village dans la Drôme. C'était une suite logique par rapport à son engagement avant son départ en retraite. Il avait besoin de donner de son temps, d'organiser des évènements et surtout de se faire des connaissances car quand il est arrivé dans sa nouvelle région, il ne connaissait personne. Lors de notre venue, nous aimions assister aux évènements qu'il organisait.

Ils ont réalisé leur rêve, vivre près des montagnes après la retraite et créer une chambre d'hôtes. Comme je ne le voyais qu'une ou deux fois par an, nous en profitions au maximum à chaque fois.

Mon père et Céline avaient une passion, ils adoraient décorer leur jardin devant la maison. Le thème changeait tous les ans. Je me souviens que nous avions loué un camion pour aller chercher une cabine de Téléphérique dans une station de sport d'hiver dans une montagne afin d'embellir le devant de la maison.

Mais malheureusement, nous avons dû écourter notre séjour, car la maman de Roman nous a appelés pour nous informer que notre chiot était malade. En se promenant, il a dû manger une boulette de poison. Il a été hospitalisé d'urgence à la clinique vétérinaire. Nous avons pris la route la nuit afin d'y être à l'ouverture. Heureusement, les vétérinaires l'ont sauvé. Il est sorti le lendemain. Il nous a fait tellement peur.

Je me suis encore plus rapproché de lui, nous étions inséparables. Roman a dû partir en formation quelques mois à

Colmar afin d'évoluer dans son entreprise. Il revenait tous les week-ends. Toute la semaine, j'étais seul avec mon petit bébé, il en profitait d'ailleurs pour dormir avec moi sachant qu'il n'avait pas le droit quand son deuxième maître était présent.

Afin de remercier les personnes qui se sont mobilisées pour les travaux de la maison, nous avons regroupé nos amis et rassemblé les familles. Nous avons pendu notre crémaillère dans un château proche de notre maison. Pour moi la reconnaissance est quelque chose d'important. Avec plus de reconnaissance dans le monde, nous nous porterions mieux.

Pour marquer le coup, nous avons fait appel à un DJ, à un traiteur ainsi qu'à un pâtissier pour nous fabriquer deux pièces montées, l'une avec de la pâte à choux et l'autre avec des macarons. Mon père et Céline souhaitaient participer à cet évènement en finançant les gâteaux car ils ne pouvaient pas se déplacer du sud. C'était un moment important pour nous, c'était la concrétisation de notre projet immobilier, de notre rêve. Nous avons passé un très bon moment et nos convives aussi.

De mois en mois, nous avons embelli la maison mais nous passions beaucoup de temps en balade dans la région parisienne. Nous avions pris pour habitude de dormir dans un magnifique hôtel. Nous en profitions à chaque fois pour aller rendre visite à la tante de Roman ainsi qu'à sa mamie. Nous vivions vraiment des moments agréables. Je n'ai vraiment pas à regretter mon passé.

Afin de nous reposer, nous sommes partis en vacances dans le sud de la France et nous avons proposé à Léa de nous accompagner. Elle était heureuse de découvrir des nouveaux paysages. C'était la première fois, qu'elle voyait la mer Méditerranée. Je sais qu'elle s'en souviendra longtemps. Pour mon anniversaire, Roman m'avait offert une entrée pour aller me baigner avec les dauphins. Ce fut un moment inoubliable. J'avais toujours rêvé de toucher ce mammifère marin.

Ma mère avait décidé de prendre sa retraite du commissariat de police. Honnêtement, c'était bien mérité après quarante-trois ans de service en tant que secrétaire administrative et de ses nombreux engagements bénévoles notamment l'amicale des policiers, dont elle avait repris la présidence depuis des années. Elle était bénévole dans plusieurs associations au service des policiers locaux, régionaux et nationaux. Elle a eu la chance d'avoir un beau départ en retraite avec la présence de collègues, de retraités, d'élus, de directeurs d'établissement. Elle pouvait être fière d'elle, car elle a tant donné aux autres sans compter.

Pour la remercier de son magnifique parcours, j'ai souhaité lui organiser une surprise avec l'aide de mon beau-père Thierry, de ma sœur et de mon frère. J'ai donc réservé un magnifique cloître, une chapelle et une salle afin d'organiser une soirée d'exception.

Nous avons invité certains de ses collègues, ses amis, sa famille pour créer la surprise. Certains amis sont venus de très loin pour la féliciter.

J'ai souhaité lui organiser une soirée inoubliable afin qu'elle en garde un merveilleux souvenir. Tout était prévu, le papa de mon frérot de cœur disposait d'une magnifique voiture cabriolet, il est donc aller chercher ma mère en prétextant qu'elle devait me rejoindre pour un spectacle que j'organisais. À son arrivée, tous les invités l'attendaient devant la salle. Elle avait compris, elle était émue et heureuse.

Nous avons commencé la surprise dans la chapelle avec un spectacle en son honneur. Je présentais le spectacle avec mon ami acteur, elle en était fan. Au programme, nous allions retrouver Roman avec son magnifique spectacle de magie, d'ailleurs dès le début, il a fait apparaître deux amis de ma mère, qu'elle n'avait pas vus depuis longtemps, j'avais réussi à les faire venir du sud de la France.

Il y avait également un imitateur talentueux qui est devenu un ami. Ma mère avait fait appel à lui lors de certains arbres de Noël pour la police. C'était un symbole important. D'habitude, c'était ma mère qui organisait des évènements pour les autres, mais cette fois-ci, c'était en son honneur. Je voudrais encore remercier les personnes présentes ainsi que le sonorisateur et le photographe professionnel qui ont accepté de venir gracieusement pour ma mère. J'ai la chance de connaître des personnes formidables.

Après ce show, nous avons pris le verre de l'amitié dans le cloître et nous avons passé la fin de la soirée, entourés de nos amis dans une salle afin de fêter dignement sa carrière ainsi que son engagement pour les autres.

J'avais l'habitude d'organiser des évènements depuis tant d'années au profit d'associations, de mairies, d'entreprises… Mais organiser une soirée pour ma mère, c'était vraiment une satisfaction pour moi, une victoire en voyant ses yeux briller, car elle n'a pas l'habitude de montrer ses émotions. C'était la chose la plus importante pour moi afin de lui rendre hommage pour nous avoir éduqués dignement.

Je n'ai pas à rougir de mon passé, j'ai eu la chance d'avoir des parents qui m'ont appris les vraies valeurs de la vie et surtout l'engagement pour les autres. C'est tellement important pour moi d'aider des gens malades, des gens dans le besoin avec le sourire. Je n'ai pas besoin de remerciements, le plus important pour moi c'est de voir des yeux émerveillés.

C'est tellement satisfaisant d'aider son prochain. Je n'ai jamais compris le sens du mot « égoïste ». Le partage est tellement important et essentiel pour l'avenir.

Chapitre 10
La chute

Pour se relever, il faut savoir tomber.

Je suis une personne épanouie et heureuse. J'ai 30 ans, et je me rends compte de la chance que j'ai, d'avoir réalisé la plupart de mes rêves. J'ai passé une jeunesse au service des autres, j'ai eu la chance de rencontrer des célébrités, des hommes politiques, de passer à la télévision, de faire de la scène, d'avoir une famille aimante, une belle maison, d'être en couple depuis 12 ans et d'avoir un bébé, mon petit malinois Djarko.

La seule chose qui me manquait, c'était peut-être l'acceptation de mon homosexualité. Pas question, d'en parler publiquement. C'est un milieu que je connais mal, d'ailleurs, je ne comprends pas l'intérêt du mariage pour tous. Honnêtement, je m'empêchais de m'intéresser au monde gay. J'écoutais souvent les préjugés, les fausses idées de ce milieu. J'ai certainement cru que c'était un monde d'infidélité, de tromperie… Cela ne me convenait pas car j'ai trop de valeurs, trop de respect en moi. Je pense également que l'infidélité de Roman m'avait marqué à jamais.

Roman était plus ouvert à cela, il souhaitait que l'on trouve des contacts afin de trouver de nouveaux amis gays. Nous nous sommes donc inscrits sur des sites spécialisés et il a commencé à parler avec des hommes en toute amitié. Au bout d'autant d'années, j'avais totalement confiance en lui malgré sa petite tromperie du début de notre rencontre.

J'ai accepté forcément, mais la seule condition que j'avais, c'était que je devais tous savoir des échanges. Il avait plutôt bien respecté cette règle jusqu'au jour où je me suis aperçu qu'il était parti voir un agriculteur dans un village en prétextant qu'il avait un extra. Il avait profité du fait que j'animais un spectacle jusque tard dans la soirée. Je suis tout de suite monté en pression, j'ai repensé aussitôt à la dernière fois. Il m'a tout de suite promis qu'il ne s'était rien passé. Ils avaient juste parlé. Honnêtement, je ne l'ai jamais cru. Suite à ce mensonge, il a tout de suite arrêté de parler avec cet homme.

Il a continué à parler avec d'autres personnes et il avait sympathisé avec un autre homme. Celui-là était attiré par les hommes et les femmes. Ils parlaient énormément ensemble, je regardais souvent les discussions pour me rassurer. Selon moi, il n'y avait rien d'alarmant, c'était de l'amitié, des échanges cordiaux.

J'ai décidé d'organiser une soirée avec lui dans un restaurant afin de faire plus ample connaissance. C'est ainsi que nous sommes allés dîner dans une pizzéria tous les trois. Il était sympa et ouvert sur n'importe quel sujet. Du coup, comme le courant passait bien, nous lui avions offert le repas. C'était une très bonne soirée car nous avions rencontré une belle personne.

Les semaines ont passé, et nous avions régulièrement de ses nouvelles. Nous nous sommes vus plusieurs fois. Nous étions en vacances, donc nous avions énormément de temps libre.

Pour fêter Halloween, Roman et moi sommes partis dans un parc d'attractions afin de nous détendre et de découvrir les magnifiques décorations. Je me souviens que, pour clôturer les attractions, nous avons pris une belle photo de nous au sommet de la grande roue. Pour finir cette journée, nous avions assisté vers 18 h à un magnifique feu d'artifice. Roman avait appelé et dialoguait en même temps avec notre nouvel ami. Il m'a alors proposé de l'inviter à venir manger à la maison et à rester dormir aussi. Je n'avais aucune raison de refuser, j'ai donc accepté.

Dès notre retour à la maison, je suis parti dans le village d'à côté chercher des pizzas pour notre soirée en attendant l'arrivée de notre hôte. De toute façon, j'étais confiant, je n'étais pas inquiet, tout se passerait bien. Mais au fond de moi, je redoutais ce moment. Roman avait un fantasme et, malheureusement, je faisais semblant d'avoir le même afin de ne pas le décevoir. L'amour rend tellement bête. Au fond de moi, j'étais contre. J'avais un mauvais pressentiment et je savais très bien que je n'accepterais jamais qu'une autre personne touche mon ami.

La soirée se passait bien, nous avons regardé des films en mangeant les pizzas que j'avais commandées. Nous nous sommes couchés tard car nous parlions de tout et de rien. Afin qu'il soit tranquille et que Djarko ne l'embête pas (nous n'avions qu'une chambre), nous lui avions installé un matelas au sol dans notre chambre. Notre maison était en forme de Loft.

Le moment que je redoutais le plus arriva… Je me souviendrais toujours de cette date, le samedi 24 octobre.

Dès notre réveil, je me suis senti sale, trahi, blessé mais je gardais tout en moi. Je n'extériorisais rien. Je ne sais pas pourquoi mais j'ai compris que ma vie allait basculer à ce moment-là. Nous ne parlions de rien, nous faisions comme si rien ne s'était passé. Mais au fond de moi la pression montait de plus en plus. C'était une sensation que je ne connaissais pas.

Le lundi en rentrant du travail, je me suis aperçu en examinant son portable qu'il y avait des messages entre eux qui avaient été effacés. J'ai tout de suite compris qu'il m'avait encore pris pour un imbécile. La colère montait. Le pire, c'est qu'il n'assumait pas ses erreurs, toujours des mensonges. Nous nous sommes disputés et il est parti en prenant notre voiture pour soi-disant se calmer. J'étais fou de jalousie. Je l'ai attendu toute la nuit, j'essayais de l'appeler mais pas de réponse. J'ai juste reçu un message me disant qu'il était chez son collègue.

Pour me détendre, me calmer, je me souviens que j'ai marché pendant des heures, la nuit, dans les champs, dans le village en donnant des coups de points dans les murs. J'étais furieux. J'avais la main en sang. Vers 5 h du matin je suis quand même rentré, je me suis couché, mais impossible de dormir. J'étais tellement énervé, j'avais le cœur meurtri.

Il est revenu le lendemain en me disant qu'il avait bien réfléchi et que je devais partir. Il m'a déposé chez ma mère, j'avais juste pris le strict minimum en affaire dans un sac car je pensais honnêtement que c'était provisoire. J'étais seul chez ma mère car elle était partie en vacances avec Thierry. C'était vraiment très compliqué, j'ai passé la journée à rester allongé, immobile sur le canapé car je n'arrivais pas à faire autre chose. En fin de journée, je suis allé à la pharmacie chercher des médicaments pour dormir mais malheureusement sans ordonnance, il y avait que des médicaments à base de plantes traditionnellement utilisées pour soulager les symptômes légers du stress et favoriser le sommeil. Je pensais tout le temps à lui, je l'aimais malgré tout. J'en ai profité ensuite pour aller lui acheter des cadeaux pour son anniversaire. J'ai trouvé une magnifique chaîne à la bijouterie.

Nous échangions des messages régulièrement. Je me disais que tout allait bien se passer. Honnêtement, je n'ai jamais eu d'explications de sa part, il contournait la discussion sans arrêt. J'avais du mal à comprendre sa décision, car j'ai toujours été là pour lui, nous l'avions accueilli chez moi durant des années, je lui avais trouvé du travail grâce à mes connaissances, je l'avais soutenu, l'avais aidé à réaliser son rêve de devenir magicien… Je n'attendais pas de reconnaissance ou de remerciements mais je ne pensais pas qu'il pourrait me trahir comme cela. Depuis notre séparation, il n'a jamais repris contact ni avec ma mère ni avec mon père. Ils l'avaient pourtant accueilli de nombreuses années en vacances chez eux. Je sais qu'ils ont été énormément blessés. C'est à partir de cette séparation que mes parents m'ont parlé de mon homosexualité ouvertement. Ce fut un mal pour un bien.

J'ai beaucoup souffert de cette décision brutale. Je n'arrivais plus à manger ni à dormir, les comprimés aux plantes ne me faisaient rien, pas d'effet. J'étais renfermé sur moi-même. Le matin suivant, j'ai vu que Roman avait publié sur son réseau social, une vidéo noire, il était en train de conduire avec la musique SOS d'Indila :

« C'est un SOS, je suis touchée, je suis à terre, entends-tu ma détresse, y a-t-il quelqu'un ? Je sens que j'me perds. J'ai tout quitté, mais ne m'en veux pas. Fallait qu'j'm'en aille, j'n'étais plus moi. Je suis tombée tellement bas [...] J'aimerais revenir, je n'y arrive pas... »

J'ai compris qu'il souffrait de cette situation également. On ne peut pas oublier 12 ans comme cela.

Dans la journée, j'ai profité du fait qu'il travaille pour venir récupérer mes affaires. J'ai pris mes vêtements, ma télévision, mon ordinateur et c'est tout. J'ai enlacé mon chien en pleurant, il était tellement triste. J'avais le cœur arraché. Durant ces trois jours, il m'avait énormément manqué. Je ne pouvais pas vivre sans lui, sans eux.

Le samedi suivant, je l'ai invité dans son restaurant préféré afin de célébrer son anniversaire. Il a accepté directement, j'ai été tellement surpris et heureux, j'avais encore un espoir en moi. La soirée se passa extrêmement bien. Il refusait de parler de nous, par honte je pense.

À la fin du repas, je lui ai offert son collier. Il ne le montrait pas mais j'ai su qu'il était heureux du cadeau. Nous sommes repartis chacun de notre côté car il devait aller chez sa mère et ses petites sœurs. J'étais vexé qu'il me laisse car je pensais que j'allais rentrer avec lui chez nous.

Dès son départ, j'avais un doute, je suis allé voir devant chez sa mère, pas de voiture. Je lui ai demandé où il était, il m'a répondu :

« Je t'ai dit que je suis chez ma mère. »

Bien entendu, je n'y crois pas une seule seconde. J'ai pris la voiture de ma mère afin de chercher l'appartement de son nouveau copain, je n'avais pas l'adresse, je connaissais seulement le quartier. Après des heures de recherche, je suis tombé sur notre voiture en bas d'un HLM. Pas de doute, le nom de l'autre était sur la boîte aux lettres. Il m'avait, une fois de plus, menti. J'ai fait un scandale devant chez lui. Roman est descendu pour me dire de partir. Je lui ai demandé pourquoi il n'arrêtait pas de mentir. La seule réponse que j'ai eue :

— C'est pour que tu ne souffres pas et rends-moi les clefs de la maison.

J'étais anéanti, au plus bas, je souffrais déjà énormément. Je savais que j'allais passer une sale période mais je devais faire avec. Je n'arrivais pas à dormir, j'avais des idées noires. Suite à sa phrase, j'ai compris que c'était vraiment terminé.

J'ai commencé à péter un câble, je ne me reconnaissais plus, je pleurais sans cesse. J'étais en train de sombrer dans ma première dépression. Je me suis rendu compte que j'étais en train de perdre mes acquis. Plus de copain, plus de chien, plus de maison, plus de voiture… Je venais d'apprendre un mot : LA SOLITUDE. En quatre jours, j'ai perdu cinq kilogrammes. Ma mère étant à l'étranger ne pouvait pas m'aider, encore moins mon père qui était à l'autre bout de la France.

Je me suis retrouvé aux urgences de l'hôpital, je m'y suis rendu avec ma sœur car j'avais des idées noires. J'aurais toujours cette image en tête, j'étais dans une toute petite chambre afin que le médecin m'ausculte. Un infirmier « musclé » vient me chercher pour m'emmener dans un bureau, je ne comprenais pas pourquoi. Dans cette petite pièce, il y avait un psychologue et un psychiatre. Après des tonnes de questions, le verdict est tombé, j'étais en train de faire une grosse dépression, mon corps avait lâché. Je me souviendrai toujours de la dernière phrase du psychiatre :

« Nous souhaitons que vous soyez hospitalisé quelques semaines à l'EPSM (Établissement Public de Santé Mentale) afin de vous soigner. Vous aurez des traitements pour vous aider. Mais c'est à vous de choisir ».

Je ne savais pas quoi faire, quoi dire. J'étais une momie, je ne parlais pas, j'avais la tête baissée. Je voyais ma sœur derrière la vitre en train de pleurer, elle est venue aussitôt me rejoindre. Je devais passer la nuit aux urgences afin de rejoindre un autre hôpital le lendemain matin. Les médecins ont souhaité que ma sœur me retire mon portable car je ne devais pas être en contact avec mon ex. C'était inimaginable pour moi.

Il n'était pas question que je rende mon portable et que je coupe les ponts avec lui. Comme je ne pouvais plus l'avoir, j'ai quand même souhaité que l'on reste ami. Même si c'était une décision difficile, je préférais. Nous avions échangé tellement de choses que c'était impossible de ne plus le voir.

J'avais insisté auprès de ma sœur pour qu'elle appelle Roman. Il est arrivé directement à l'hôpital. Il voulait me voir. Il était en colère de me voir dans cet état. Il m'a promis que l'on resterait ami mais que je devais quitter l'hôpital et m'en sortir. C'est tellement facile à dire. Mais je l'ai écouté car j'avais une énorme confiance en lui. J'ai demandé à ma sœur de signer une dérogation de sortie contre l'avis médical. Les psychologues ont accepté mais je devais prendre un antidépresseur ainsi qu'un anxiolytique. C'était un traitement lourd. L'antidépresseur devrait faire effet sous quinzaine tandis que l'autre c'était dès le lendemain. Je devais également être suivi par un psychologue, une fois par semaine à l'hôpital. Comme c'était la fin de mes vacances, le médecin m'a prescrit un arrêt de travail pour 15 jours.

À distance, ma mère prenait régulièrement de mes nouvelles. Elle souhaitait que je loge chez ma sœur en attendant qu'elle revienne de vacances. J'ai accepté. J'avais des messages réguliers de Roman. Durant mes quinze jours d'arrêt, j'avais pris l'habitude de faire 10 kilomètres à pied pour le retrouver devant son travail. Il avait accepté que je prenne la voiture pour aller à la maison. Je faisais le ménage, j'entretenais l'extérieur, je profitais pour les dernières fois de la maison et surtout je passais du temps avec mon chien. Je lui ramenais la voiture dès qu'il quittait de son travail.

Un soir, j'ai souhaité voir où il était, j'ai donc demandé à ma sœur de me prêter sa voiture et je suis allé rôder près de chez son nouveau copain. La jalousie m'envahissait, j'éprouvais toujours des sentiments pour lui. Je devenais dingue. Malheureusement, je me suis pris un trottoir devant la gendarmerie, j'ai explosé deux pneus ; mon traitement faisait effet, j'étais épuisé. C'est de ma faute car j'avais interdiction de conduire avec ces traitements.

Entre temps, j'avais eu un rendez-vous avec mon médecin traitant, afin de faire le point sur ma santé. Vu mon état mental et physique, il avait prolongé mon arrêt d'un mois. Je suis allé voir le psychologue à l'hôpital. Suite à son diagnostic, je devais avoir des rendez-vous réguliers. Mais j'ai abandonné assez vite, pour moi, cela ne servait à rien, je n'avais pas envie de parler de ma vie à une personne que je ne connaissais pas. Je n'y suis jamais retourné.

J'étais reparti vivre chez ma mère, et j'ai réaménagé mon ancienne chambre, mais j'avais énormément de souvenirs car j'ai vécu avec Roman beaucoup de choses ici dans le passé.

Quelques jours après, un soir, j'ai profité de prendre la voiture de ma mère afin de voir mon chien derrière le grillage. Je faisais cela souvent, j'avais besoin de passer du temps avec lui. C'était plus fort que moi. Mais ce jour-là, une voiture est partie rapidement, je me suis rendu compte qu'il avait failli se faire cambrioler. Par panique, je suis reparti chez moi, chercher ma mère qui était rentrée de vacances le jour même. Nous sommes retournés sur place, et nous avons appelé la gendarmerie. Il y avait juste le volet qui était cassé. Il a toujours cru que c'était moi pour me venger. Quelque temps après, je me suis fait convoquer par la gendarmerie, même si durant cette période, je n'étais pas vraiment moi, je savais très bien que j'étais innocent. J'ai toujours nié.

Roman souhaitait que l'on aille chez sa maman, pour annoncer à ses sœurs que c'était terminé. Je me souviendrai toujours de l'image, nous étions assis tous les quatre sur le lit de sa sœur pour parler. J'étais tellement mal mais je ne le montrais pas car j'aimais beaucoup ses petites sœurs. Elles ont pleuré et je leur ai promis que rien ne changerait entre nous. J'avais la chance de les revoir régulièrement.

Le soir suivant, Léa, sa grande sœur, souhaitait me voir. Nous sommes allés ensemble nous promener au jard. Ensuite, je lui ai proposé de lui payer un fast-food et de dormir chez ma mère. Elle a accepté ainsi que sa maman. Nous avons passé la nuit à parler, de nous, d'elle, de son avenir. Depuis qu'elle est petite, je l'ai toujours encouragé à suivre son rêve et de rentrer dans la police nationale. Je lui redonnais toujours confiance en elle. C'est une belle personne ainsi que sa sœur.

Mon père souhaitait que je vienne quelques jours dans la Drôme, chez lui, pour me changer les idées. Je suis donc parti là-bas. C'était la première fois que j'y allais seul. Mon père et sa femme m'avaient organisé une semaine riche en sorties afin de me changer les idées. Mais c'était un peu compliqué car j'étais en contact permanent avec Roman. C'était mon choix, j'essayais de le considérer comme un ami. Nous avons fait beaucoup d'activités, nous sommes partis visiter des marchés de Noël, nous avons assisté à un match de basket européen, nous sommes montés dans les montagnes enneigées. Ils essayaient de me faire plaisir afin que j'aille mieux. Avec les médicaments, je planais énormément mais je déprimais toujours autant. Je me disais qu'avec le temps, cela irait mieux. Je souhaiterais vraiment remercier mes proches pour leur aide si précieuse.

C'était une sensation bizarre, mais avec Roman nous parlions sans arrêt par message. On se racontait nos journées. Je voulais tout savoir, même les détails de son couple. Honnêtement, je ne sais pas pourquoi, mais j'en avais besoin même si cela m'enfonçait encore plus au fond du trou. Nous étions devenus complices malgré notre séparation. Toutes les personnes autour de moi souhaitaient que j'arrête de parler avec lui. Mais pour moi, il n'en était pas question, j'étais le seul décideur de ma vie.

Je devais impérativement rentrer le samedi suivant, car je m'étais engagé pour animer un loto pour une association. Mon médecin m'avait conseillé de continuer mes animations afin de m'évader un peu. Le soir de l'animation, j'avais une sensation étrange, j'étais sur scène, mais je n'avais pas le même engouement, la même motivation que d'habitude. J'étais différent, j'avais dix kilogrammes en moins et je me sentais très faible. Pendant l'évènement, j'avais la possibilité de boire du champagne à volonté. Un verre, deux verres, cinq verres, une bouteille. Miracle, je me sentais bien, j'étais aux anges, je n'arrêter pas de rigoler. J'ai compris que le cocktail de l'alcool et des médicaments était magique. J'avais retrouvé la joie de vivre.

J'ai demandé à une amie de me prêter sa voiture, j'ai pris la route pour me diriger vers mon ancienne maison afin de voir mon Djarko. Mais je me suis rendu compte que Roman était absent et qu'il avait laissé mon chien seul pendant la nuit. J'étais dingue. Du coup, j'avais fait 24 kms pour rien et en plus j'étais dans un état second. À vrai dire mon but principal était de voir Roman avant tout.

Dès le lendemain matin, ma joie de vivre était partie, le champagne aussi et malheureusement, je n'allais pas bien du tout. Ma mère a repris contact avec mon médecin, et il m'a dit de retourner voir un psychiatre à l'hôpital. Même scénario, il m'a proposé de faire un séjour que j'ai aussitôt refusé car j'avais envie d'être un homme libre. Il a remonté les doses d'antidépresseurs et d'anxiolytique. Il m'a prévenu, je n'avais plus le droit de conduire et j'avais l'interdiction formelle de boire de l'alcool. J'ai passé des jours à dormir, tellement la dose était puissante.

J'avais arrêté tous mes engagements bénévoles, je n'avais plus envie de rien et j'ai diminué mes animations. J'avais gardé celle d'un loto au profit du Téléthon et un spectacle quelques semaines plus tard pour la même association. Durant cette épreuve, j'ai eu le soutien de la famille de mon frérot, acteur de télévision, j'allais chez lui boire un café et manger de temps en temps. Pour me changer les idées, nous avons passé un samedi à Paris. Nous nous sommes baladés dans la capitale et le soir nous avons assisté à une émission de télévision. C'était vraiment super. Par la suite, je les voyais régulièrement.

Pendant cette période, j'ai perdu énormément d'amis. La dépression doit faire vraiment peur. Je connaissais beaucoup de personnes mais du jour au lendemain, je n'avais plus grand monde autour de moi. J'avais donc compris que je devais faire peur, que je n'étais plus fréquentable ou tout simplement que j'étais entouré de mauvaises personnes. Je n'ai pas pu compter sur mes anciens amis ou plutôt mes connaissances pour m'aider à m'en sortir.

Je souhaitais faire des photos de mannequinat, je ne sais pas pourquoi c'est venu comme ça dans ma tête. J'ai donc contacté un photographe, nous nous sommes rencontrés, il était accompagné de son assistante, c'était sa petite amie. Nous avons sympathisé directement. Il a réalisé des magnifiques photos de moi. Même au fond du trou, j'étais fier de moi. J'ai toujours eu du mal à accepter mon corps mais comme j'avais perdu énormément de poids, je souhaitais faire des photos torse nu, sexy. Je n'ai pas regretté car le photographe a réussi à me mettre en valeur. Nous avons fait un shooting pendant deux heures. Il a refusé que je le paye. J'ai trouvé son geste formidable. Il a d'ailleurs voulu signer un contrat d'exclusivité avec moi que j'ai accepté.

Mon envie de percer dans ce domaine était plus forte, je n'ai donc pas respecté les clauses, j'ai eu plusieurs photographes. Quelques mois après, il a rompu mon contrat. Je m'en suis voulu car j'avais passé de bons moments avec eux mais je l'avais trahi. Ils étaient très sympathiques. Comme j'étais complètement shooté par les médicaments, je n'étais pas toujours conscient de ce que je faisais et j'ai commis des erreurs.

De plus, j'ai commencé à fumer, je pouvais fumer jusqu'à un paquet par jour. Je n'avais jamais pris de cigarette de ma vie auparavant. On y repensant, je me rends compte maintenant que je ne pouvais plus me contrôler. J'étais devenu dépendant des médicaments, de la cigarette et de l'alcool : sacré cocktail.

Je savais que je faisais souffrir mes parents, ma famille, mais je n'y pouvais rien. Ils se faisaient tous du souci pour moi. Je ne me contrôlais plus, je devenais dingue. Mon beau père m'a même retrouvé à quatre pattes en pleine nuit dans le salon, j'étais en train de chercher mon malinois sous les meubles sachant qu'il n'habitait pas avec moi et surtout que vu sa taille, il ne passe pas sous les meubles. Je peux en rire maintenant, mais je peux comprendre la peur des membres de ma famille.

Je m'ennuyais beaucoup… Je me suis alors rapproché de nouvelles personnes dont j'avais fait connaissance lors de mon dernier grand spectacle, quelques mois auparavant.

J'avais recroisé Laurence, la chanteuse tatoueuse car je voulais me faire tatouer dans le cou. Même si je n'étais pas un grand fan des tatouages, je souhaitais en avoir un pour graver mon histoire. Nous avons sympathisé et nous sommes devenus très proches. Nous discutions sur d'éventuels projets que nous pouvions mettre en place pour animer sa commune. Nous nous voyions très souvent, elle m'a beaucoup aidé.

En accompagnant ma mère dans un magasin, j'ai rencontré la conjointe de notre ami humoriste. Elle était dans un mauvais état, elle m'a annoncé qu'elle était également célibataire. Auparavant, nous avions fait des soirées ensemble dont le mariage de notre ami photographe. Suite à cette rencontre, nous nous sommes rapprochés de plus en plus. Elle vivait la même chose que moi. Nous sommes allés ensemble voir le spectacle d'un ami humoriste pour nous changer d'idée. Tous les moments que je passais avec elle étaient extraordinaires. Elle était tellement douce et gentille. Depuis ma séparation, j'avais enfin de nouveaux amis.

Quand j'étais accompagné d'amis, j'allais mieux mais dès que je me retrouvais seul, la solitude revenait. Les médicaments me faisaient du bien, c'est normal vu la dose. Je buvais de plus en plus d'alcool. J'étais devenu alcoolique. Mes soucis se diluaient dans l'alcool.

Vu mon état de santé, mon médecin a prolongé mon arrêt de travail d'un mois. L'avantage, c'est que j'étais en sortie libre donc je pouvais essayer de me vider la tête en traînant les rues.

Roman était en colère de me voir dans cette situation, mais je n'y pouvais rien. Il m'a d'ailleurs reproché d'avoir fait des photos torse nu en fumant. Je crois qu'il avait honte de ce que j'étais devenu. Honnêtement, il pouvait bien avoir honte, il était responsable de cette chute.

Comme nous avions une voiture en commun, nous sommes partis chez notre concessionnaire afin de revendre notre véhicule pour que je puisse en racheter une petite. J'ai souhaité en avoir une neuve. Il fallait attendre quelques jours pour l'avoir, elle était en stock. Je souffrais en silence car j'ai compris que c'était vraiment la fin de notre histoire. En revenant sur la route, j'ai remarqué qu'il avait reçu un message de son nouveau compagnon en disant :

— Tu veux que je ramène une baguette de pain ce soir ?

J'ai de suite compris qu'il était venu s'installer chez moi dans ma maison. Je venais, encore une fois, de me prendre une claque. Il fallait que je m'en sorte, mais comment ? Je ne le savais pas.

Le soir même, je me devais de respecter mon engagement, animer un loto au profit du Téléthon. Je n'avais pas envie, pas le courage de monter sur scène encore moins de faire rire le public. Mais je savais que c'était mes deux derniers contrats et que c'était surtout pour la bonne cause.

Honnêtement, j'ai assuré pendant la soirée sachant que j'avais fort mal à la tête, mal à un œil. Vers la fin, mes paupières se paralysaient, c'était vraiment une drôle de sensation. J'ai tenu bon jusqu'au bout. Pour ne rien arranger, je n'arrêtais pas de boire du champagne. Cette soirée-là, je dormais chez ma sœur car ma mère devait se rendre en Belgique, chez la famille de mon beau-père.

Dans la nuit, je souffrais de plus en plus et mon œil devenait jaunâtre. Ma sœur a pris la décision de m'emmener aux urgences. Je suis resté trois heures pour entendre le médecin urgentiste me dire :

— Pas de panique, c'est une grosse conjonctivite.

Pas de soucis, pour moi, j'y crois, je ne vais pas remettre en doute la parole d'un médecin.

Mais pendant la nuit, j'avais de plus en plus mal, j'ai demandé à ma sœur de m'emmener aux urgences de Reims pour nouvel avis. Ce n'était pas normal d'avoir autant mal avec une conjonctivite. Après, une heure de route, nous sommes arrivés au CHU. L'infirmière m'a accompagné dans une chambre en attendant qu'un médecin vienne me voir. Au bout d'une heure, il est arrivé et a ausculté mon œil. Son verdict était moins clair, il ne sait pas. Il souhaite me garder la nuit, afin qu'un ophtalmologue m'examine dans la matinée.

La nuit a été courte, il était déjà 5 h du matin, je m'étais endormi et ma sœur était repartie chez elle. J'étais tellement épuisé avec l'effet des médicaments et l'animation. Ils m'avaient mis sous perfusion afin d'atténuer la douleur et me permettre de me reposer.

Le matin même, un infirmier est venu me chercher afin d'aller dans le service d'ophtalmologie. Je me souviens, ils m'ont fait passer par des couloirs dans les sous-sols de l'hôpital. Une ambiance un peu spéciale. C'était un dimanche, le service était totalement vide, il n'y avait personne. J'ai attendu un médecin de garde pendant de longues minutes.

Dès son arrivée, c'était une interne, elle a regardé mon œil avec différents équipements. J'ai eu un examen approfondi. Elle a ensuite appelé un médecin au téléphone afin qu'il vienne me voir.

J'ai tout de suite compris que ce n'était pas une simple conjonctivite sinon elle n'aurait jamais fait appel à un autre médecin.

— Ne vous inquiétez pas, je demande à un confrère afin qu'il me donne son avis.

Elle n'arrêtait pas de me dire cette phrase. J'étais seul dans une salle d'auscultation, dans un service fermé, sans lumière. J'avais de quoi m'inquiéter quand même.

Après son arrivée, il m'ausculte à son tour sur trois machines différentes. Les deux médecins étaient en train de parler dans leur langage, je ne comprenais rien. J'en avais marre d'attendre, j'avais envie de rentrer chez moi afin de me reposer un peu.

Plus le temps passait, et moins je voyais clair. Le médecin est alors venu me voir et m'a dit :

— Vous avez certainement une kératite amibienne, nous devons prélever un échantillon de tissus dans la cornée afin de l'examiner et le mettre en culture.

Je ne comprenais rien à ce qui me disait. Il éclaira ensuite ses propos :

— Vous avez très certainement une infection rare de la cornée, un abcès de cornée. Nous allons gratter la cornée avec un ustensile. Ça sera un peu douloureux.

C'était un moment horrible, il a pris un genre de petit scalpel et me gratta l'œil afin de me retirer un morceau de tissu. Il devait rechercher les germes. C'était vraiment très douloureux. Je lui ai demandé si je pouvais regarder mon œil dans un miroir, et j'ai donc vu que j'avais une grosse tache blanche sur mon œil, on ne voyait plus la couleur de mon iris. À mon médecin, j'ai demandé à savoir à partir de quand je reverrai clair.

— Je ne peux pas me prononcer mais vu l'abcès qui prend la moitié de l'œil, je pense que vous ne verrez plus jamais de cet œil. Par la suite, il faudra très certainement faire une greffe de la cornée.

Dès sa réponse, je me suis senti mal, j'ai fait un malaise. J'ai tout de suite compris que ma vie sera encore plus différente qu'auparavant. Il ne manquait plus que ça, être célibataire et aveugle. Je me suis effondré. J'ai demandé si je pouvais repartir car moralement j'étais très épuisé.

— Bien sûr que non, nous allons vous hospitaliser pendant 10 jours pour le moment. Vous aurez un traitement lourd afin que l'œil cicatrise.

J'ai aussitôt appelé ma mère pour l'informer, elle a fait le nécessaire pour rentrer au plus vite de Belgique afin de me retrouver. J'étais dans un hôpital à une heure de chez moi, je ne connaissais personne. J'ai également appelé ma sœur pour qu'elle me ramène mes affaires, mon chargeur et mes médicaments pour ma dépression, car je commençais à être en manque.

J'ai donc été transféré dans une chambre dans le service ophtalmologie.

— Bonjour, je suis votre infirmière, je vous explique très brièvement comment cela va se passer, nous allons démarrer un traitement antimicrobien qui va durer entre 6 mois et 1 an. Pendant les 10 premiers jours, nous allons appliquer un antiseptique, une pommade ainsi que des collyres à base de corticoïdes. Nous allons appliquer ces médicaments toutes les heures dans votre œil de jour comme de nuit.

— Cela veut dire que je ne pourrai pas dormir ?

— On vous réveillera toutes les heures. Pareil pour la journée, si vous partez vous balader dehors ou à la cafétéria, vous devrez rentrer toutes les heures pour vos soins.

J'ai bien compris que j'allais passer dix jours de cauchemar…

Comme je n'avais pas le droit d'apporter mes médicaments pour la dépression, j'ai dû fournir mes ordonnances afin que la pharmacie de l'hôpital me prépare mes anxiolytiques et mes antidépresseurs. Je n'ai eu que quelques visites de ma famille, d'amis et d'un collègue de travail. Je passais mon temps à me promener dans les couloirs et à la cafétéria pour boire un petit verre en respectant bien entendu mes horaires de soin. Je dormais très peu, car dès que j'arrivais à fermer mes yeux la nuit comme de jour, une infirmière venait faire mes soins.

Chaque matin, j'avais des examens à faire avec un professeur. Il était souvent accompagné d'étudiants ou d'internes. Je redoutais d'être hospitalisé, mais honnêtement, j'ai beaucoup aimé car j'étais en compagnie d'infirmières et d'infirmiers qui prenaient soin de moi. Je déprimais beaucoup moins car il y avait toujours quelqu'un à mes côtés. L'alcool me manquait un peu, certes mais je me sentais mieux. J'étais pris de tremblements par moment.

Lors de mon passage quotidien à la cafétéria, j'ai sympathisé avec un jeune infirmier, homosexuel, il essayait de me draguer, mais honnêtement, je n'avais pas la tête à cela à ce moment-là. J'ai passé des bons moments avec lui, il changeait mon quotidien de patient.

Un jour, en fin de journée, en pleine semaine, j'ai eu l'immense surprise d'avoir une visite à laquelle je ne m'attendais pas du tout, c'était Roman. Il avait fait la route pour venir me voir. C'était un geste touchant. Il est resté une bonne heure avec moi, nous sommes allés boire un verre à la cafétéria. Je lui en serai toujours reconnaissant. Cela devait rester entre nous, il ne l'avait pas dit à son nouveau copain. Quand il est reparti, j'étais déjà triste mais je ne devais pas me plaindre. J'ai trouvé cela très gentil de sa part qu'il soit venu me voir.

Au bout de huit jours, la cicatrisation de mon œil était en bonne voie mais je devais encore attendre des mois pour avoir une cicatrisation totale. J'ai donc demandé au médecin, si je pouvais sortir deux jours plus tard car j'avais mon engagement pour le Téléthon.

Il a accepté mais je devais continuer les soins chez moi. Je devais mettre des collyres et de la pommade dans mon œil toutes les trois heures maintenant durant quinze jours. Par la suite, je devrai le faire trois fois par jour pendant six mois. C'était important de le faire afin de cicatriser la cornée et d'enlever cette tache blanche. Je devais porter des lunettes de soleil, car la lumière, le soleil me faisaient souffrir. Je me souviens que j'avais demandé à ma mère de me rapporter des bouteilles de champagne et des chocolats afin de remercier les infirmières. Elles étaient tellement agréables, gentilles et elles avaient été aux petits soins pour moi. Après ma sortie, je devais retourner à l'hôpital une fois par mois afin de voir l'évolution de la guérison.

J'avais tellement hâte de quitter l'hôpital et de retrouver la scène. Mon beau-père et ma mère sont venus me chercher pour treize heures, ils m'ont emmené dans le Loiret afin que je puisse présenter un spectacle de jeunes talents. Nous avons fait quatre heures de route afin d'arriver sur les lieux. J'étais excité de retrouver un public et mes amis artistes. Il y avait mon frère de cœur, l'acteur de télévision, mon ami chanteur belge et d'autres chanteurs et acteurs. C'était important pour moi de respecter mon engagement car c'était pour une bonne cause. C'est sûr que c'était un peu spécial car je devais porter des lunettes de soleil, faire des repères sur scène afin que je ne m'approche pas trop près du bord de la scène car les projecteurs et la fumée m'éblouissaient.

Avant le début du spectacle, nous avions un repas de prévu avec les artistes et les organisateurs. J'ai beaucoup apprécié ce moment de convivialité, c'était mon vrai premier repas depuis ma sortie de l'hôpital avec de l'alcool. J'en ai profité.

Je peux vous dire que j'étais en forme entre mes antidépresseurs, l'alcool et mon excitation de monter sur scène. J'avais hâte de mettre le feu dans la salle au côté de mes amis.

Dès le début du show, j'ai été ému de monter sur scène. C'était un plaisir pour moi d'animer ce spectacle au côté de mes potes. J'oubliais mes soucis, mon passé. J'étais rentré dans l'ambiance malgré le stress, grâce à la musique, aux projecteurs, à la fumée. Au début du spectacle, après les présentations, j'ai reçu un message de Roman qui me disait :

— Parle moins fort et essaye de sourire un peu plus.

Je ne comprenais rien, je pensais qu'une personne était en train de filmer en direct sur les réseaux, je lui ai alors demandé pourquoi.

— Je suis dans la salle au premier rang, je t'ai toujours soutenu pour tes spectacles. C'est normal que je sois présent pour toi ce soir !

Cette phrase restera gravée dans mon cœur. J'étais surpris car il avait fait plus de trois heures de route afin de me voir. En retournant sur scène pour présenter un nouvel artiste, en effet, je l'ai aperçu en compagnie de son nouveau copain. La surprise m'a fait énormément plaisir mais il y avait une personne en trop. Il assumait sa nouvelle liaison devant mes parents. J'ai demandé à ma mère et à Thierry, mon beau-père de ne rien lui dire, de faire semblant.

Il avait organisé sa venue avec l'organisateur de l'évènement. J'ai trouvé ce geste magnifique malgré notre séparation. Même si au fond de moi, j'étais triste qu'il soit venu avec son nouveau compagnon.

À la pause, je suis venu les saluer et je l'ai remercié d'être venu. Je lui ai demandé s'ils reprenaient la route aussitôt, il m'a dit que l'organisateur avait prévu une chambre pour eux et qu'ils profitaient du spectacle afin d'aller voir la famille de son compagnon. Dès la fin du spectacle, il a pris la route vers son hôtel, il ne pouvait pas rester car le spectacle se terminait vers minuit. J'ai reçu un appel de lui en me disant qu'il était coincé à la porte de l'hôtel. Je leur ai proposé de venir dormir dans ma chambre, je leur aurais laissé ma chambre et j'aurais dormi avec un pote. Je sais que j'étais trop gentil mais je pouvais au moins faire ça pour le remercier de la surprise. Il a finalement réussi à rentrer dans sa chambre, le propriétaire des lieux lui a ouvert l'accueil quand même.

Le lendemain, une visite était programmée dans la ville. Nous avons partagé un repas dans un restaurant tous ensemble afin de nous remercier de notre présence. Le soir, nous avons repris la route vers notre domicile. C'était un très bon week-end, émouvant.

Dès le lendemain, j'avais rendez-vous à la médecine du travail pour parler de mon retour au travail. Nous avons échangé longuement sur mon état de santé, mes traitements. Elle n'était pas encore informée que je venais d'être hospitalisé pour mon œil. Elle a donc refusé que je reprenne le travail car je suis à proximité d'enfants et que je suis encore sous traitement lourd. Elle a notifié que j'étais inapte au travail. Elle a appelé un confrère à elle pour savoir s'il voulait bien me prendre comme nouveau patient car elle estimait que mon médecin actuel était trop proche de moi. En effet, je le connaissais bien car c'était mon médecin depuis ma naissance et surtout nous avons été élus ensemble dans notre ville. Le nouveau médecin a accepté de me suivre et a souhaité que l'on se voie une fois par mois. Il a prolongé mon arrêt d'un mois.

J'ai reçu un coup de téléphone de la concession pour me donner un rendez-vous afin de retirer ma nouvelle voiture. J'ai donc pris contact avec Roman afin qu'il vienne avec moi en fin de semaine car nous devions rendre la voiture que nous avions en commun.

J'étais content car je savais que j'allais le revoir dans quelques jours. Mais les journées étaient de plus en plus longues. Je dormais très peu, je passais la nuit à écrire des slams et à les enregistrer. J'avais un ami musicien qui me composait les morceaux. J'avais créé une chaîne afin de les publier sur la toile. J'en ai enregistré une dizaine. C'était des textes émouvants, tristes qui parlaient d'amour, de maladie, de séparation… En moyenne, mes vidéos étaient visionnées par 5000 personnes. La dernière qui parlait un peu de moi, de l'histoire de ma chute avait fait 11 000 vues. J'étais ému de lire les commentaires. Hélas, cela n'a duré qu'un temps, je me suis lassé rapidement. Je n'arrivais pas à me concentrer sur du long terme.

Un jour en me promenant dans le centre-ville, une dame est venue me voir pour me féliciter de mon travail. Elle était fan et surtout elle aimait l'émotion que je donnais à la chanson. Nous avons échangé sur l'histoire des slams et nous sommes devenus proches.

Entre temps, je voyais souvent mon amie tatoueuse, Laurence. Elle m'a fait aimer sa passion, son métier. J'ai donc décidé de me faire un tatouage sur l'avant du bras. J'ai changé d'avis sur les tatouages. Je voulais que mon passé soit gravé en moi à jamais.

Elle m'a donné rendez-vous quelques jours plus tard mais entre temps, je devais réfléchir à ce que je voulais vraiment. Je souhaitais quelque chose d'unique, j'ai donc réfléchi à plusieurs éléments afin de créer un tatouage à mon goût. Ce n'est pas une décision à prendre à la légère car c'est irréversible, c'est pour la vie.

J'ai décidé de me faire graver le début de la partition du refrain de la chanson SOS d'Indila que Roman avait publié sur les réseaux pour notre séparation. J'ai rajouté deux colombes dans des nuages pour représenter la magie, un œil pour montrer à ses petites sœurs que j'aurais toujours un regard sur elles et pour symboliser la perte de mon œil, une rose qui représente l'amour, et la phrase « L'avenir est toujours plus haut ». Le mélange de tous ces éléments deviendra par la suite mon futur avant-bras. Je pouvais être fier car j'ai dessiné moi-même le futur tatouage avec l'aide précieuse de mon amie. Bien entendu, je n'en ai parlé à personne et encore moins à Roman.

Nous sommes partis chercher ma nouvelle voiture et vendre notre ancienne voiture. J'avais un pincement au cœur car je savais qu'une page allait se tourner et que nous n'aurions plus rien en commun. Je lui ai donc proposé de garder mon véhicule neuf dans sa cour car je ne pouvais pas conduire avec mon œil et mes traitements. Il a accepté pour quelques semaines. Il a roulé avec quelques jours en attendant de se racheter une nouvelle voiture. Il a décidé d'en prendre une en occasion en attendant d'en acheter une nouvelle.

Le soir, je lui ai proposé d'aller boire un verre dans un bar pour parler, il a tout de suite dit « oui » en précisant que je ne devais rien espérer, qu'il avait accepté par amitié et par respect. Nous avons passé une bonne soirée à discuter, mais je sais que dans son regard, il n'aimait pas me voir boire. Je sombrais de plus en plus, mais je faisais semblant de sourire. Je lui ai proposé de prendre Djarko le jour suivant afin de passer une journée avec lui. Il a accepté. C'était gentil de sa part.

Dès mon arrivée, mon chien est venu me faire une fête inimaginable, c'était un moment chargé en émotion. Je savais très bien que je ne pourrais pas en profiter longtemps. Nous nous sommes promenés dans les champs, il était tellement heureux d'être avec moi.

Par la suite, j'ai appris que Roman avait eu un accrochage avec un camion. Sa portière avait été abîmée. Je ne sais pas pourquoi mais je lui ai envoyé un message qui disait :

— La roue tourne…

Depuis, ce jour, nos discussions sont devenues de plus en plus rares.

Il a redéposé mon véhicule chez ma mère car il ne pouvait plus la stocker chez lui. J'en ai profité pour la conduire malgré l'interdiction des médecins. J'étais devenu alcoolique, c'était devenu une addiction, j'en avais besoin. J'étais devenu dépendant également aux anxiolytiques et aux antidépresseurs. Je planais toute la journée, j'étais ailleurs mais je me sentais bien.

Je lui en voulais de m'avoir quitté sans en connaître la raison mais je serais toujours reconnaissant envers lui. Il a préféré continuer son chemin sans moi, mais peu importe, le plus important pour moi, c'est d'avoir écrit un morceau de son histoire en sa compagnie. Jamais je ne lui en voudrai car en y réfléchissant, les torts peuvent venir des deux côtés. J'aurais aimé que l'on soit ami mais je n'ai pas réussi. Au fond de moi, je suis fier de l'avoir aidé à vivre sa passion, de l'avoir lancé dans la vie.

C'était le grand jour, j'avais rendez-vous chez mon amie tatoueuse afin de faire graver à jamais ma vie sur mon bras. Quatre heures de souffrance, mais quelle satisfaction de devenir un autre homme ! J'étais tellement fier de moi, de mon projet. Suite à la réussite, j'en ai pris goût. J'étais totalement contre et maintenant, je suis devenu un homme tatoué.

Depuis, j'en ai fait régulièrement, c'est important pour moi et cela représente tellement de choses. J'ai la chance d'avoir les deux bras, le torse et le cou tatoués. Au total, j'ai une quinzaine de tatouages. J'étais devenu un homme différent. C'était toujours un plaisir pour moi de voir mon amie, elle était devenue ma confidente. Elle connaissait ma vie en détail.

Pour la première fois de ma vie, j'ai commencé à fréquenter les boîtes de nuit de la région, du jeudi au samedi soir, c'était devenu une routine, je sortais avec des potes ou seul. Je dansais très rarement mais je passais mon temps à boire, à échanger avec les autres. Je pouvais dépenser jusqu'à quarante euros par soir soit plus de six cents euros dans les soirées par mois.

La solitude me pesait de plus en plus, je souhaitais découvrir le monde gay malgré mes préjugés envers cette communauté. Je me suis donc inscrit sur deux sites de rencontres gay, afin de discuter, de comprendre et pourquoi pas, faire des rencontres amicales.

Je passais des jours et des nuits entières à discuter, à découvrir des profils. C'était devenu un plaisir pour moi. Il y avait de tout, des personnes qui cherchaient de l'amitié, du sérieux et énormément de personnes en recherche de plans d'un soir sans lendemain. Et oui, cela existe malheureusement. J'avais à peine publié ma photo, mis ma description en ligne que j'avais déjà de nombreuses demandes. Des jeunes mais surtout des plus âgés. Ce n'est pas que je suis un top model, mais pour la plupart, je n'étais qu'un bout de viande. J'adorais d'ailleurs, leur répondre :

— Désolé, j'ai déjà un père et un grand-père.

Sinon j'ai eu la chance de rencontrer de vraies personnes sympathiques. J'ai souvent été attiré par des personnes qui ont connu comme moi, une séparation difficile. J'adorais parler avec eux. Avec le temps, j'ai décidé d'en rencontrer un en toute amitié bien entendu. Il habitait à quarante kilomètres de chez moi, il était un peu plus jeune que moi, agréable, sensible avec un passé difficile. Nous avons passé énormément de temps à échanger sur sa vie. Il était en couple avec une personne plus âgée que lui, c'était son droit même si j'ai du mal avec ça. Pour moi ce n'est pas naturel d'aimer des personnes avec une grosse différence d'âge. Il cherchait également de l'amitié, il ne connaissait pas beaucoup de personnes dans le coin.

Nous avons passé des très bonnes soirées chez lui avec des amis. Cela me changeait de rester seul chez moi. Ce qui était difficile, c'était de reprendre la route la nuit avec l'alcool et l'effet des médicaments. J'étais totalement irresponsable, je le sais maintenant car j'étais un vrai danger public.

Grâce aux sites de rencontres, j'ai eu la chance de sympathiser avec un homme un peu plus jeune, il habitait dans le nord, il était en dépression également suite à une rupture amoureuse compliquée. Nous passions des heures à parler au téléphone.

En navigant sur l'application, je me suis aperçu qu'il y avait l'homme avec qui Roman m'avait trompé la première fois. Sans réfléchir, je lui ai parlé, il m'a répondu et nous avons échangé longuement. Au début, il ne m'avait pas reconnu car j'avais perdu beaucoup de poids. Nous avons continué à échanger régulièrement.

Je continuais à faire quelques photos avec mon amie tatoueuse et avec un autre ami photographe que j'ai connu grâce à un spectacle au profit des Restos du Cœur. J'aimais car j'étais devenu un autre homme, un homme plus viril.

Mon amie Laurence, qui présidait une association pour faire vivre son village, a eu l'idée d'organiser dans sa commune un salon de l'érotisme. C'était une première pour moi, j'ai tout de suite accepté. Notre défi, c'était de l'organiser en moins de deux mois.

Il fallait tout faire : aller à la rencontre des magasins de sous-vêtements, chercher des acteurs X, des stripteaseurs, trouver des partenaires, des commerces de charmes…

Nous avons relevé ces défis hauts les mains. Le premier salon a été un franc succès, plus de 600 personnes et la présence de nombreux journalistes tels que France Télévision. Nous pouvions être fiers de nous. Mais je souhaitais prendre un peu soin de moi car je me suis rendu compte que je me dégradais de plus en plus.

Pour passer mon temps, j'allais régulièrement dans une salle de sport afin de faire un peu de musculation, faire des connaissances et surtout penser à autre chose. Je n'étais pas très sportif, mais cela me faisait du bien de prendre du temps pour moi. J'avais choisi une salle avec un sauna et un jacuzzi afin de me détendre après mes séances. Je passais environ trois heures deux fois par semaine. J'ai pu faire quelques rencontres sympathiques. Durant ces moments, j'oubliais mes soucis, je ne buvais pas et je ne fumais pas. C'était une bonne chose. Cela faisait bien longtemps que je n'avais pas pris de temps pour moi.

Durant trois mois, je me suis également inscrit dans un club de basket amateur. C'était une section loisirs. Il n'y avait pas de compétitions, l'objectif était de m'amuser. Je voulais renouer avec ma jeunesse, mais c'était un peu compliqué car cela faisait environ treize ans que j'avais arrêté de jouer. C'était des moments où je pouvais libérer mon esprit et me défouler.

En dialoguant avec des gays sur les applications, j'essayais d'avoir des réponses à mes questions sur ce milieu. Je m'intéressais un peu à cet environnement inconnu pour moi. J'ai appris beaucoup de choses, même si je ne me sentais pas en accord avec certains principes. Cela m'a permis de faire plein de connaissances dans ce milieu.

Régulièrement, on me parlait de deux lieux mythiques sur la région : un bar et un sauna Gay. J'avais envie de connaître un peu plus ces soirées. C'était nouveau pour moi. J'ai commencé à aller dans ce bar avec le pote avec qui j'ai fait connaissance sur le site. C'était une ambiance un peu spéciale. Tout le monde se faisait la bise. Quand nous sommes arrivés, on sentait les regards se poser sur nous.

Certes, j'étais un peu provocateur, j'avais mis une chemise sans manches en laissant apparaître mes tatouages sur les bras et le torse. En moins de dix minutes, des personnes sont venues parler avec nous, et ils nous ont payé des verres. Ils étaient tellement sympas, cela faisait plaisir à voir et un peu flatteur.

Je me souviendrais de deux détails qui m'ont perturbé au début, au milieu du bar, il y avait une douche vitrée afin que des hommes puissent faire des shows sexy et à l'étage près des toilettes, il y avait une salle noire qu'ils appellent dans leur jargon « Backroom ». C'est une salle où les consommateurs peuvent se rencontrer dans la pénombre pour des relations. J'ai beaucoup été perturbé avec cette pratique. Cette salle était fréquentée régulièrement par de nombreuses personnes. Avec le temps, je fréquentais le bar régulièrement, j'avais sympathisé avec le patron et les barmen. Ils connaissaient mes valeurs et mes principes.

Si je venais, c'était pour prendre des verres avec des connaissances. C'est dans cet endroit que j'ai connu le poppers : c'est un produit magique mais dangereux. Le principe était simple, il fallait approcher le flacon de nos narines afin d'inhaler une bouffée de monoxyde d'azote afin de rentrer dans un état euphorique en seulement 15 secondes et dont l'effet dure entre 5 et 10 minutes. C'était une pratique régulière dans ces endroits. J'en devenais dépendant. Au bout de quelques semaines, j'ai arrêté car j'avais de plus en plus de maux de tête. Le poppers est surtout connu dans le milieu gay pour une autre utilisation.

Par curiosité, avec des potes, nous avons découvert un sauna gay interdit aux moins de 18 ans. Je savais très bien que c'était un endroit spécial. J'ai découvert des choses que je n'ai jamais vues de ma vie. C'était un milieu inimaginable avec un sauna, un hammam, des douches collectives, des cabines, des backrooms… C'était une expérience à faire.

C'est sûr que si j'ai pu rentrer dans ces lieux, c'est parce que j'étais sous l'effet des antidépresseurs. Sinon, jamais je n'aurais osé y rentrer.

Mais je ne regrette rien, j'ai appris que cela existait et c'était important pour moi de les connaître. Honnêtement, nous avons bien rigolé, sans faire aucune pratique, bien entendu. Je me souviens que j'ai discuté avec un jeune au sauna et je lui avais demandé pourquoi il était là ?

Il m'a répondu :

— Mec, il faut profiter de la vie et s'amuser.

Sans attendre je lui ai répondu :

— J'ai décidé de profiter de ma vie en me respectant et en respectant le corps que mes parents m'ont offert.

J'étais tellement fier d'avoir des valeurs et surtout de pouvoir me regarder dans une glace. Je ne comprendrai jamais, les personnes qui avantagent la sexualité plutôt que l'amour et les sentiments. Il n'y a rien de plus beau que le verbe AIMER.

Ces moments m'ont conforté dans mes choix initiaux mais hélas, j'ai été beaucoup choqué par des situations que j'ai vues.

Avec le temps, je n'avais plus de nouvelles de Roman, il ne me répondait plus. Est-ce que j'étais trop soûlant ? Trop présent ? Est-ce qu'il avait honte de ce que j'étais devenu ?

C'est sûr que j'avais changé, j'étais devenu tatoué, alcoolique, fumeur. Il ne comprenait pas non plus pourquoi je me bousillais le cerveau à cause de ces médicaments. Il avait raison car parfois, je pouvais avoir des réactions étranges. Une fois ma mère et mon beau-père m'ont retrouvé debout sur le toit d'un véhicule en train de danser et de chanter.

Si je partage cette anecdote, c'est tout simplement pour montrer à quel point le mélange alcool/médicaments est dangereux pour la santé. C'est pour cette raison que mon médecin a de nouveau prolongé mon arrêt de travail. Je ne me rendais pas encore compte comment une séparation peut faire chuter une personne, la détruire. Ma famille a beaucoup souffert pendant cette période, je le sais. C'était dur pour eux de me voir sombrer et d'être impuissant face à cette situation.

Je n'étais pas toujours conscient de ce que je faisais mais quand j'étais à jeun, j'essayais de prendre de nouvelles résolutions pour aller mieux mais surtout pour me soigner. J'étais prêt à aller dans un centre de repos, mais je n'en ai jamais trouvé. Par contre, j'ai toujours refusé catégoriquement de me faire suivre par un psy. Je devais m'en sortir par moi-même. Je n'avais pas le choix de me relever car de toute façon, j'étais déjà au fond du trou.

Mon ancien directeur de lycée qui m'avait fait confiance dans le passé avait arrêté sa carrière de chef d'établissement pour ouvrir son cabinet de magnétisme. J'ai souhaité prendre rendez-vous avec lui afin d'essayer de faire une séance sans rien lui dire. Il a trouvé directement que j'avais des nœuds au cœur et dans la tête. Au bout de longues minutes, je me sentais déjà mieux. Il m'avait soulagé. Mais malheureusement, je savais très bien que ce n'était que provisoire.

Le soir même, j'ai souhaité, je ne sais pas pourquoi, prendre contact avec Paul mon ex-parisien, celui que j'avais quitté comme un lâche pour Roman. Nous avons discuté de notre passé, il m'en a voulu pour le mal que je lui avais fait. Je voulais vraiment m'excuser de mon geste seize ans auparavant.

Il a accepté mes excuses. Nous n'avons pas eu le temps de nous voir car il est parti habiter dans un pays d'Asie, il avait retrouvé un compagnon. Le principal, c'est qu'il était heureux et que j'ai pu enfin m'expliquer.

J'avais également une idée en tête, c'était de retrouver Maxime, mon ami chanteur avec qui j'avais passé toute ma jeunesse. J'ai su qu'il avait déménagé à Cannes avec ses parents. Ils avaient ouvert un bar dans ma ville de cœur. J'ai repris contact avec lui via un réseau social. J'ai voulu m'excuser de n'avoir plus donné de nouvelles depuis que je m'étais mis en couple avec Roman. Maxime ne m'en a pas voulu du tout. C'était un plaisir de lui reparler. Il m'a appris que ses parents avaient divorcé et qu'il était devenu policier. Le hasard a fait qu'il était célibataire également. Il n'avait pas trop le moral lui non plus. Il souhaitait que je vienne le voir à Cannes mais malheureusement, je ne pouvais pas car j'étais suivi régulièrement par mon médecin traitant et surtout par l'hôpital pour l'évolution de mon œil. Nous parlions régulièrement. Quand nous étions jeunes, nous avions eu un délire à Cannes, et ce qui m'a fait plaisir, c'est que 16 ans après, nous nous sommes remémoré ce moment.

Quelques semaines plus tard, il est monté dans la Marne pour voir sa famille, nous en avons profité pour nous voir. Nous nous sommes donné rendez-vous au marché de Noël de Reims près du kiosque à Champagne. J'avais hâte de le voir. J'étais tellement ému. Nous avons mangé ensemble dans une pizzéria et surtout, nous avons bien bu. Nous avons terminé la soirée dans des bars.

Le week-end suivant, nous avons recommencé dans un restaurant, nous avons rigolé tout le repas. À la fin de la soirée, nous nous sommes aperçus que nous avions bu trois bouteilles de vin à deux. Nous devions aller en boîte de nuit puis dormir chez un ami à lui mais j'ai été refoulé à l'entrée, j'étais trop ivre. Je l'ai perdu de vue, il est rentré sans moi et du coup, j'ai dormi dans ma voiture sur un parking en attendant d'aller mieux et de pouvoir reprendre la route. Il est retourné dans le sud les jours suivants. Depuis ce jour, je ne l'ai pas revu mais nous avons continué à garder le contact pendant quelques mois.

C'était vraiment un plaisir pour moi de renouer avec le passé. Retrouver les personnes qui avaient marqué ma jeunesse. Dans les moments difficiles, il y a quand même de bonnes choses.

Je continuais à parler régulièrement sur les sites, principalement pour passer le temps. Un jour, j'ai reçu un message d'un garçon qui s'appelait Thibault, il était un peu plus jeune que moi. Il était intéressé par mon profil. Je n'avais rien mis de spécial à part que je cherchais à me faire des amis et que j'étais contre les rencontres d'un soir car j'avais trop d'estime pour moi. J'ai regardé son profil et je l'ai trouvé intéressant. Je lui ai donc parlé, et honnêtement, j'ai beaucoup accroché. Il sortait également d'une séparation difficile. Décidément, soit je les attire, soit les couples gays ne sont pas stables.

Nous avons discuté pendant des jours, de nos vies respectives, de notre tristesse. J'aimais de plus en plus passer du temps avec lui. Nous avions prévu de nous rencontrer dès mon retour de week-end. En effet, nous avions été invités avec ma mère et mon beau-père au Luxembourg pour assister à un spectacle de mon ami chanteur belge. Nous sommes partis deux jours. Le soir en arrivant dans la chambre d'hôtel, j'ai passé des heures au téléphone avec lui. J'aimais l'entendre, il avait une voix douce et surtout il était si touchant. Il avait eu une vie difficile.

Thibault devait me laisser car il avait une soirée en boîte de nuit avec des amies. Je ne sais pas pourquoi mais j'étais mal. Avec du recul, je pense que j'étais un peu jaloux. Pourtant, il n'y avait rien entre nous, c'était juste de l'amitié. Il était hors de question pour moi de me mettre en couple car j'étais encore amoureux de mon ex. Comment pourrais-je oublier une histoire de douze ans ?

Dès mon retour en France, nous nous sommes donné rendez-vous dans sa ville, à une quarantaine de kilomètres de chez moi. Je l'attendais à l'endroit convenu, il avait du retard. Il est enfin arrivé, et nous nous sommes mis à marcher dans le centre-ville en parlant de nous. Il était au courant que j'étais sous traitement et que je passais une mauvaise période, je n'avais rien à cacher.

Il n'arrêtait pas de me regarder et de me sourire. Ensuite, j'ai dû le laisser car je devais rentrer à la maison pour mes soins oculaires. En repartant, Thibault a sauté sur moi pour m'embrasser. Je ne m'y attendais pas. Je n'en revenais pas, j'étais en train de tomber amoureux.

Le soir même, nous avons passé la nuit au téléphone et nous nous sommes donné rendez-vous dès le lendemain matin. Je suis allé le chercher chez ses grands-parents car depuis sa séparation il était revenu habiter chez eux. Il avait tout quitté à Rouen. Nous passions tout notre temps libre ensemble, il venait dormir chez ma mère le soir.

Entre nous, cela a été vite, mais honnêtement, je n'avais plus de temps à perdre. Avec lui je me sentais aimé, il était tellement doux. La journée, nous allions rendre visite à ses amis et aux miens. Il avait sympathisé avec mon amie tatoueuse, ils avaient la même passion : la voyance et le magnétisme. C'est à ce moment-là que je me suis aperçu, que j'aimais le magnétisme.

Grâce à lui, j'ai rencontré également de très belles personnes. Le fait d'être avec lui m'avait redonné un peu le goût de vivre et cela m'avait permis de me libérer un peu de l'alcool.

Dès le premier jour, je lui ai présenté toute ma famille et il en a fait de même. J'ai fait connaissance avec sa maman, ses grands-parents et j'ai vu une fois son grand frère.

Il avait souhaité que l'on aille en boîte de nuit avec des amis. Ce qui m'a touché le plus, c'est qu'il était jaloux, je n'étais pas habitué à cela, c'était plaisant de voir que quelqu'un tenait autant à moi. Il venait me coller sans cesse dès qu'un homme s'approchait de moi. Il n'arrêtait pas de me chuchoter dans l'oreille « JE T'AIME ». Je croyais rêver. J'ai beaucoup apprécié car tout cela était inconnu pour moi. Avec mon ex, nous cachions nos émotions.

Nous avions fait une demande de logement afin d'avoir notre appartement. Nous attendions une réponse.

Notre histoire a duré quelques mois, puis il est reparti retrouver son ex à Rouen. Il parlait avec lui depuis quelques jours. Est-ce que l'on éprouvait de l'amour l'un pour l'autre ou étions-nous l'un et l'autre des pansements qui nous permettaient d'oublier notre passé ?

Je me suis vite remis de cette séparation. J'étais triste mais je ne regrettais rien car j'avais passé d'excellents moments avec lui et je garderai un très bon souvenir de cette rencontre.

Dès que je me sentais mal ou que j'étais triste, j'avais pris l'habitude de me faire tatouer, c'était devenu une routine. Je me suis fait inscrire sur le torse : « living your life as if it were the last day » ce qui signifie : « Vis ta vie comme si c'était le dernier jour ».

Dans mes moments de tristesse, je pensais souvent à Roman. J'avais donc décidé de le contacter pour lui raconter ce qui s'était passé dans ma vie ces derniers temps. J'avais besoin de me confier, de me faire consoler mais hélas, il m'a écouté quelques minutes et m'a dit :

— Je ne peux rien faire pour toi, tu dois arrêter de me parler. Tu fais n'importe quoi depuis notre rupture.

Je ne m'attendais pas à cette phrase, le sol semblait se dérober sous mes pieds, j'aurais tellement voulu avoir du soutien de sa part. Mais hélas, j'ai compris que je ne pouvais plus compter sur lui ni sur ses sœurs dont je n'avais plus de nouvelles. J'avais l'impression qu'elles m'avaient complètement rayé de leurs vies. Cela m'a fait beaucoup de mal. J'étais retombé dans l'alcool afin de noyer ma solitude. Je n'arrivais pas à m'en sortir. Je perdais des amis de jour en jour car j'étais devenu infréquentable. Je suis passé du garçon engagé, serviable, sociable à un homme déprimé et alcoolique. Je n'en veux à personne et je n'y pouvais rien.

J'avais pris contact avec le frère de Thibault afin de voir s'il avait des nouvelles de son frère. Nous nous sommes vus et nous avons tous de suite sympathisé. Il était aussi gentil, aussi agréable que son frère. Cela me faisait penser à lui.

Nous avons fait énormément de soirées ensemble. Malheureusement, notre meilleur ami était l'alcool. Après de nombreuses soirées en boîte de nuit, nous dormions dans la voiture dans des ruelles. Nous avions l'habitude de boire une bouteille de vodka à deux.

Pour me changer les idées, comme les vacances d'été arrivaient, j'avais décidé d'aller travailler dans un centre de vacances dans le sud de la France pendant deux mois en tant que serveur. J'avais négocié avec un directeur pour venir travailler bénévolement en échange du gîte et du couvert.

Entre temps, j'avais retrouvé, depuis une quinzaine de jours, un nouveau petit copain, Fabien. J'avais fait sa connaissance sur l'un de mes sites de rencontre. Il était tellement gentil, attentionné. Nous avons pris le temps de nous découvrir. Il venait également de quitter son copain avec lequel il avait vécu plusieurs années. Décidément il n'avait pas de chance non plus. Le mauvais sort ne s'abattait pas que sur moi.

Je devais partir dans le sud pour travailler, j'avais pris le train jusqu'à Lyon puis mon père m'avait proposé de me déposer dans le centre de vacances. Nous avions quatre heures de route.

Arrivé sur place, j'ai pris possession de l'appartement qui m'était prêté gentiment par le gérant en échange de mes services. Une habitation de rêve avec une terrasse d'une trentaine de mètres carrés avec vue sur la mer. J'avais fait le choix de partir pour m'éloigner de mes problèmes et pour essayer de me reconstruire. Mon nouveau copain devait me retrouver la semaine suivante. Lors de ma première nuit, j'ai fait une crise d'angoisse car ma famille me manquait. Je me sentais trop éloigné d'elle. J'avais l'impression que je perdais mes repères.

En pleine nuit, j'ai appelé mon père pour voir s'il voulait bien refaire la route car j'avais décidé de repartir. Il avait accepté mais il était en colère car il venait de faire huit heures aller-retour pour m'emmener. J'ai marché trois heures en pleine nuit pour rejoindre la gare d'une ville voisine et j'ai attendu une bonne heure que mon père arrive. Il m'a ensuite amené jusqu'à la gare de Lyon.

Mon père ne m'en a pas voulu car il se rendait bien compte que c'était compliqué pour moi, que je ne savais plus où j'en étais. Mon lourd traitement y était pour beaucoup. J'avais l'impression qu'il était en train de me rendre dingue. Je ne comprenais pas toujours les décisions que je prenais. Je ne pouvais plus m'en passer. C'était devenu une drogue pour moi.

En rentrant à la maison, mon copain m'attendait, il m'en a voulu car je lui avais gâché ses vacances. Il aurait dû passer deux mois dans le sud avec moi.

En contrepartie, nous sommes partis quelques jours dans le nord avec sa famille. Nous avons passé, malgré tout, de bonnes vacances.

J'avais un contrat qui venait de tomber pour être chauffeur de salle pour un spectacle dans un zénith dans le centre de la France. J'avais accepté car c'était un show avec les anciens représentants d'un concours de chant européen bien connu de tous.

C'était une opportunité pour moi de me faire repérer. Nous sommes donc partis trois jours tous frais payés. C'était un très bon séjour. Je ne regrette pas d'avoir accepté. De plus mon ami chanteur belge se produisait sur scène lors de cette représentation.

Le reste du temps, Fabien dormait chez moi. Il m'arrivait rarement de dormir dans sa famille. J'ai eu la chance d'être invité au baptême de sa nièce. Ses proches m'avaient très bien accueilli. Ils étaient aussi sympas que Fabien. Nous nous sommes fiancés au bout d'un mois.

Nous passions de bons moments ensemble.

J'avais décidé de reprendre contact avec Roman afin de partager nos meubles. Je n'avais plus rien, et je ne souhaitais pas repartir de zéro. Après négociation, il avait déposé dans la boîte aux lettres de ma mère, deux cents euros. J'aurais pu les placer pour mes futurs achats, mais je les ai dépensés dans des soirées.

Avec le temps, avec mon compagnon, nous nous prenions la tête régulièrement. Nous nous sommes quittés peu de temps après. J'ai vu que je le faisais souffrir, il était tellement malheureux. J'avais honte de moi. Je faisais vraiment n'importe quoi. Il fallait que ça change. Je me rendais compte que je faisais souffrir mon entourage.

J'avais du mal à me regarder dans un miroir, j'avais du mal à contempler ce que j'étais devenu. J'étais pris dans une spirale infernale. J'ai dû boire la moitié d'une bouteille de vodka avec la prise de mon traitement, j'ai trouvé et fumé une cigarette qu'un pote avait oubliée, j'ai su après que le tabac était mélangé avec du cannabis. En rentrant chez ma sœur, je me suis écroulé par terre. J'étais tombé dans un coma éthylique.

Pour oublier mes échecs, j'allais discuter avec d'autres hommes sur mon site de rencontres. J'avais décidé de m'amuser à mon tour. Je rencontrais énormément d'hommes pour passer mon temps.

Je continuais à voir régulièrement le frère de Thibault pour faire des soirées. Un soir, en pleine nuit, je l'ai emmené dans un bar gay. Étant hétérosexuel, il a accepté de venir. Il m'a fait confiance, le principal était de passer une bonne soirée entre potes.

Durant la soirée, j'ai reçu un appel de son frère. J'étais surpris car il était retourné à Rouen retrouver son ex. Il me disait au téléphone qu'il était triste car cela se passait mal avec son compagnon. Il voulait partir pendant qu'il était au travail. Sans réfléchir, nous avons pris la route et nous avons fait trois cents kilomètres afin de le récupérer. J'étais un peu alcoolisé mais ça allait quand même. Nous sommes arrivés vers quatre heures du matin, il en a profité pour récupérer toutes ses affaires. Dès la fin du chargement, nous sommes repartis directement. Nous avons roulé toute la nuit pour arriver le matin chez sa mère. J'ai souhaité vraiment lui rendre service même si je n'avais plus de nouvelles de sa part. Peut-être par nostalgie ? Je ne sais toujours pas. Suite à son retour, nous nous sommes revus deux fois en toute amitié.

Par la suite, le destin a choisi que je perde contact avec lui et son frère pour diverses raisons. J'avais pris conscience qu'il fallait que j'arrête de perdre mon temps et que j'arrête mes bêtises. Avec l'aide de mon médecin traitant, nous avons diminué mes traitements psychologiques. C'était dur au début car j'en étais devenu dépendant. J'avais également décidé de diminuer la boisson.

Ce qui m'a fait le plus réfléchir, c'est que je perdais, de jour en jour, des amis proches. J'ai pris conscience que j'étais devenu une larve. J'ai eu comme un électrochoc. J'avais limite honte de l'homme que j'étais devenu. Il fallait vraiment que je me reprenne en main.

En tout, j'ai été arrêté durant sept mois. La médecine du travail a décidé un retour progressif. Le fait de retravailler me permettait de m'occuper et me vider l'esprit. Je devais reprendre en mi-temps thérapeutique. Je ne travaillais que le matin pendant quelques mois jusqu'aux vacances scolaires. Le fait de reprendre m'épuisait beaucoup. Il m'a fallu un temps d'adaptation.

Une Web radio bien connu sur la région a lancé un appel à candidatures afin de renforcer l'équipe en place pour la période de la foire. J'ai sauté sur l'occasion, je voulais me lancer un nouveau défi. J'ai été sélectionné et je devais commencer à la fin du mois d'août. J'ai eu la chance de faire de nombreuses rencontres, j'ai sympathisé avec des animatrices de la Web radio. L'équipe était tellement sympa avec moi, ils étaient surpris de voir ma motivation et mon engagement.

En effet, j'étais présent de dix heures à deux heures du matin. Il fallait bien que je m'occupe et cela me plaisait beaucoup. C'était ma première expérience en radio. J'ai eu la chance d'interviewer des célébrités, des ministres ainsi qu'un président de la République. Grâce à cette opportunité, j'avais repris confiance en moi. J'ai même eu la chance d'avoir un reportage dans le journal télévisé d'une télévision régionale.

Ce qui m'a fait le plus mal durant cette période, c'est d'avoir croisé, à plusieurs reprises, Roman et son compagnon qui m'ont complètement ignoré. J'ai alors compris qu'il avait tourné définitivement la page.

Pendant la manifestation, le plus compliqué, c'était de me contrôler car l'alcool coulait à flots. C'était très dur de résister. À chaque fois que je m'arrêtais sur un stand, on me proposait un verre de champagne.

Cette expérience m'a énormément marqué. J'en garderai un énorme souvenir.

Quelques semaines plus tard, j'ai dû animer une émission sur un salon du X, je devais interviewer des acteurs, des producteurs, des associations. C'était vraiment compliqué car toutes les anciennes images remontaient dans ma tête. J'ai vraiment eu un blocage depuis cette période.

Grâce à toutes ces rencontres depuis mon arrivée à la radio, je voyais de nouvelles personnes, plus fréquentables qu'auparavant. Je me transformais de jour en jour. J'étais toujours en dépression mais j'allais mieux. C'était le principal.

Malheureusement, j'ai décidé de couper les ponts avec énormément d'amis car j'avais honte de ce que j'étais devenu. Ma plus grande perte, c'était mon frérot acteur et sa famille. Je ne voulais pas qu'ils me jugent et je ne serais jamais arrivé à les regarder dans les yeux. Je sais que je les ai déçus, je n'y pouvais rien. Je ne pouvais pas me contrôler.

J'ai compris que je n'avais qu'une seule vie et que cela ne servait à rien de ressasser le passé, il fallait aller de l'avant. Je devais passer à autre chose et arrêter de m'autodétruire. J'étais le seul responsable de mon échec et de ma chute.

J'avais pris l'habitude d'aller me ressourcer très régulièrement dans une cathédrale d'une ville voisine. Dès que je rentrais dans cette basilique, je me sentais bien, je ne pensais à rien. J'écoutais le silence en faisant le vide dans ma tête.

Chapitre 11
La renaissance

Un peu d'espoir et l'amour redémarre
comme un nouveau départ chasse les épisodes noirs.

J'avais pris la décision de me retirer des sites de rencontre car je n'avais plus l'espoir de retrouver une personne qui me convenait. En fait, je devais être trop exigeant, je cherchais l'homme parfait. Avec le temps, j'ai dû me créer une carapace, au point que je ne faisais plus confiance à personne et encore moins aux belles paroles. J'avais décidé de vivre jour après jour sans rien programmer. Durant toute ma vie, j'ai toujours été organisé, j'aimais tout prévoir à l'avance. J'avais décidé d'avancer seul.

J'avais donné mon numéro de téléphone à un jeune homme quelques jours auparavant. Nous avions sympathisé car nous avions la même passion : la scène. Il est revenu vers moi afin que l'on se rencontre. Bien que j'avais décidé de changer, j'ai accepté par amitié. Nous nous sommes donné rendez-vous au centre-ville pour passer un bon moment. J'ai décidé de l'inviter à manger dans un restaurant, c'était d'ailleurs le même que celui où j'avais mangé avec Roman et son nouveau copain avant notre séparation.

Je l'écoutais raconter son histoire, son mal-être. Il était compositeur, musicien, chanteur dans l'ombre mais il refusait de monter sur scène par honte ou par manque de confiance en lui.

D'ailleurs par la suite, comme il aimait me voir slamer, je lui ai écrit une chanson parlant de son histoire afin qu'il prenne conscience de qui il était vraiment et qu'il gagne confiance en lui. Il avait également un gros problème sentimental, il n'arrivait pas à rester en couple bien longtemps malgré sa beauté. Il préférait cumuler les rencontres d'un soir. En dialoguant avec lui toute la nuit, j'ai réussi à casser la carapace qu'il s'était formé, il a beaucoup craqué, ça l'a libéré, c'était le principal.

Je me sentais dans l'obligation de l'aider pour qu'il grandisse et qu'il réalise tous ses rêves comme j'avais pu le faire auparavant. Il m'a beaucoup touché. Quelques semaines après, il m'a annoncé qu'il avait trouvé quelqu'un de bien. Il m'a remercié du fond du cœur. Il a rejoint son copain à MALTE. C'est à ce moment-là que j'ai compris que je n'avais pas perdu mes principes et mes valeurs.

Un soir, quand j'étais en train de faire du sport à la salle de fitness, j'ai rencontré un jeune avec qui je parlais sur les réseaux. J'ai toujours été distant avec lui car il ne m'intéressait pas, il ne pensait qu'à s'amuser avec les hommes. Il n'arrêtait pas de me faire des propositions, je les ai toujours déclinées. Ce jour-là, nous avons échangé longuement. Il avait un copain à me présenter. Je lui ai dit que cela ne m'intéressait pas, que je ne recherchais plus personne, que j'étais bien seul pour le moment. Si je devais retrouver quelqu'un, cela se ferait naturellement. J'ai quand même accepté qu'il donne mon numéro pour parler afin de me faire une connaissance supplémentaire. Il m'a également donné le nom de son réseau social.

Quand je suis rentré du sport, j'ai été voir sur son profil afin de découvrir comment il était. Il était mignon, il m'avait l'air gentil, il s'appelait Enzo. Sans hésiter, je lui ai envoyé un message en disant que c'était notre ami commun qui m'avait donné ses coordonnées. Il m'a avoué que son pote avait fait pareil avec lui. Je ne sais pas pourquoi, il nous a présentés mais peu importe, c'était gentil de sa part.

Nous avons échangé longuement. Je me sentais bien, épanoui, écouté. Je lui ai proposé que l'on se rencontre à la fin de la semaine, il a accepté directement. Je préférais parler en face, c'est plus agréable que derrière un écran. Je n'attendais rien de cette rencontre juste me faire un pote de plus.

D'ailleurs en même temps, mon ex Thibault m'a envoyé un message pour que l'on se voie le vendredi soir. J'ai répondu favorablement à sa demande, cela ne coûtait rien d'aller boire un verre quelque part. J'en ai profité pour lui donner rendez-vous le même jour que Enzo.

J'ai proposé à mon nouvel ami d'aller manger ensemble dans un restaurant de sa ville, c'était plus agréable pour se découvrir et échanger. Il m'a demandé si sa cousine pouvait venir, j'ai accepté, cela ne me dérangeait pas du tout. Après le repas, j'en profiterais pour aller voir Thibault.

Le jour J arriva, il était aussi charmant, gentil, agréable que derrière nos écrans. Nous avons passé une très belle soirée et nous avons bien rigolé tous les trois. Je le trouvais tellement charmant et adorable. Je pense que j'ai eu un coup de foudre ce jour-là. Nous n'avions pas envie de nous quitter, nous avons ramené sa cousine chez elle et nous nous sommes garés sur un parking d'un parc municipal. Nous avons beaucoup discuté dans la voiture. J'ai prévenu mon ex Thibault que je ne pourrais pas le voir car j'étais occupé. Mon téléphone n'arrêtait pas de sonner, c'était mon ami du nord qui m'appelait comme tous les soirs pour prendre de mes nouvelles car il savait que j'avais un petit rencart. Il s'inquiétait beaucoup pour moi. Il devait y avoir également un peu de jalousie car nous étions très proches mais il y avait une petite différence d'âge entre nous. Cet écart nous a toujours posé un problème mais nous nous appréciions.

Nous avons passé toute la nuit à parler dans la voiture. Dès le lever du soleil, Enzo m'a embrassé. Je me suis senti agréablement bien. Je savais que c'était le bon. Ensuite nous nous sommes vus tous les soirs après le travail, nous avions pris l'habitude de dormir dans la voiture quelques semaines pour être ensemble sachant qu'il habitait chez son père. Personne de sa famille ne savait qu'il aimait les hommes.

Avec le temps, comme nous étions tombés amoureux, il a décidé de l'annoncer à toute sa famille. Malgré ses craintes, ils ont tous accepté son homosexualité. C'était le principal, pour moi, c'est tellement logique que l'on soit accepté par sa famille. Je n'ai jamais compris les parents qui abandonnent leurs enfants parce qu'ils ont une orientation sexuelle différente d'eux. Moi-même, j'ai eu des difficultés à le dire à mes parents par peur de l'abandon.

J'ai présenté Enzo à toute ma famille, il a tout de suite été accepté par tout le monde. En retour, j'ai eu la chance de connaître toute sa famille. Il a une famille nombreuse, tout le contraire de la mienne.

À travers sa famille, j'ai découvert de très belles personnes d'origines et de religions différentes. Ce métissage m'a énormément ouvert l'esprit. C'était vraiment plaisant de découvrir différentes cultures (Maghrébine, Espagnole, Antillaise…).

Je ne le remercierai jamais assez d'avoir croisé ma route. Depuis sa rencontre, j'ai arrêté les sorties nocturnes, l'alcool, le tabac. J'ai pris la décision radicale d'arrêter complètement avec le temps mes anxiolytiques et mes antidépresseurs malgré l'interdiction des médecins. C'était compliqué je ressentais un manque. Mais le principal, c'était d'avancer et de prendre les bonnes décisions.

Malgré le fait que j'étais devenu accro aux médicaments, je devais absolument m'en passer pour avancer sereinement. Certes, ils m'ont beaucoup aidé pour me guérir mais j'en ai gardé des séquelles.

Mon père a souhaité le connaître, nous sommes alors partis une petite semaine dans la Drôme chez lui. C'était la première fois qu'Enzo découvrait la beauté des montagnes. Ils se sont bien entendus dès le début.

Nous avons emménagé ensemble dans un appartement pas très loin de chez ma mère. Il a pris la décision de quitter son emploi dans sa ville pour venir faire sa vie avec moi. C'était une très belle preuve d'amour. C'était la logique de prendre notre indépendance.

Entre temps, suite à la cicatrisation de ma cornée, j'ai dû suivre une chirurgie réfractive cornéenne par le professeur afin d'essayer de retrouver une meilleure vue dans l'avenir.

Le soir même, j'ai eu l'immense plaisir d'apprendre que ma sœur venait d'accoucher de son deuxième enfant. J'étais pressé de le voir. Elle avait retrouvé un conjoint depuis quelques années et ils ont décidé d'avoir un enfant ensemble. Éva était ravie d'avoir un petit frère. Elle l'a appelé Julian.

Avec Enzo, nous nous sommes fiancés quelques mois après notre rencontre et avons pris la décision de nous marier. C'était un symbole important car je n'étais pas favorable au mariage pour tous. Alors, en lui demandant sa main, j'ai fait un geste fort. Nous avions prévu d'échanger nos consentements début juillet, la veille de mon anniversaire. On souhaitait organiser une petite cérémonie avec nos familles et nos proches afin de marquer le coup. Comme témoins, nous avons choisi la sœur d'Enzo et son beau-frère ainsi que mon ami du nord avec qui je parlais tous les soirs. Mais hélas, au dernier moment, il a eu un empêchement, je lui en ai voulu, je l'ai donc remplacé par une amie proche que j'ai connue à la radio.

Jamais je n'aurais cru que je me marierais un jour, que le bonheur était enfin au rendez-vous. C'est pour ça qu'il ne faut jamais baisser les bras et toujours croire en son destin. Le jour de la cérémonie, j'étais l'homme le plus heureux du monde.

Toute ma famille était rassemblée autour de nous. Même mon père était venu, c'était la première fois depuis une quinzaine d'années que mes deux parents étaient dans la même salle et en plus, ils s'adressaient la parole. Du côté d'Enzo, certaines personnes de sa famille étaient présentes, sa maman, sa mamie, ses tantes… Au fond de lui, il était triste car son père n'avait pas pu venir pour le plus beau jour de sa vie. Dans le passé, il est tombé gravement malade à plusieurs reprises, depuis ce jour, il aime rester chez lui. Nous ne lui en voulons pas.

C'était un énorme plaisir d'organiser ce moment, la cérémonie restera à jamais gravée dans mon cœur. Il ne manquait plus que mon frérot, mais j'avais tellement honte de ce que j'étais devenu dans le passé. Je n'arrivais pas à revenir vers lui et sa famille.

Depuis notre mariage, nous nous sommes rapprochés de Fanny, c'est devenu une amie proche. Elle a également retrouvé un nouveau conjoint depuis sa séparation avec Fabien l'imitateur, il s'appelle David. Je suis content pour elle car elle est vraiment tombée sur une belle personne. Il nous a d'ailleurs proposé d'être notre photographe lors du mariage. Grâce à David, nous garderons un souvenir de cette magnifique journée.

Pour nos premières vacances, j'ai souhaité faire découvrir à Enzo, la merveilleuse ville de Cannes et ses environs. Il ne connaissait pas cette région. Nous sommes partis en camping dans une tente car nous n'avions pas les moyens de louer un bungalow suite à notre déménagement et notre mariage.

Il est tombé amoureux, lui aussi, de cette magnifique ville. Je savais très bien que j'allais lui en mettre plein les yeux quand il allait découvrir les vues de rêve. J'ai beaucoup voyagé, mais pour moi les plus beaux paysages se trouvent dans le sud de la France. J'ai souhaité notamment lui offrir une entrée pour aller découvrir un parc aquatique, c'est toujours surprenant de voir des dauphins, des orques ainsi que des requins en vrai. Nous vivions un rêve.

Nous aimions particulièrement voyager, manger dans des restaurants, profiter de la vie à tel point que nous avions pris beaucoup de poids. J'en pris beaucoup plus que lui, suite à l'arrêt de mes traitements. Il fallait que l'on fasse attention. Avec le temps, nous avons dû prendre une vingtaine de kilos.

Enzo aime beaucoup les animaux, il aurait bien voulu avoir un chien de préférence un Golden Retriever. Je n'étais pas contre. Nous sommes allés nous promener dans une animalerie afin de voir les animaux. Je n'aime pas du tout le principe d'enfermer des animaux derrière des vitres mais bon.

Il y avait un chiot Golden ainsi qu'un labrador à vendre, ils étaient beaux malgré le fait qu'ils étaient sales. Pas question de l'acheter maintenant, je préférais prendre mon temps et trouver le bon. Deux jours plus tard, nous avons décidé de retourner dans l'animalerie pour revoir le chiot. Nous avons demandé au vendeur si nous pouvions le porter, il avait l'air triste dans son coin. C'est ce qu'il ne fallait pas faire, nous avons craqué et sommes repartis avec le petit Néo. En passant à la caisse, je me suis aperçu que mon ex Thibaut travaillait dans le magasin. Quelle coïncidence ! Dès qu'il m'a vu, il est venu derrière la caisse. J'ai préféré l'éviter car je souhaitais oublier mon passé.

Afin que Néo soit bien, nous avons déménagé dans une maison sans cour dans un village. Mais avec le temps, je ne m'y sentais pas très bien, nous sommes donc repartis en appartement. En réalité en quatre ans, nous avons déménagé cinq fois. C'est l'une des conséquences de ma séparation, je suis devenu instable, j'aime le changement.

Nous avons pris l'habitude de partir en vacances à Cannes avec Néo. Nous profitons de ce moment pour retrouver ma famille, nos amis en faisant des étapes sur le trajet. C'est vraiment important pour nous de s'évader pendant un mois.

Nous considérons vraiment Néo comme notre enfant. Nous sommes en pleine réflexion pour adopter un enfant, nous savons que c'est un vrai parcours du combattant, ce sont des années de procédure pour, peut-être, ne rien avoir à la fin.

Nous avons la chance de vivre un rêve et honnêtement, c'est plaisant de voir mon mari me soutenir et surtout respecter mon passé. Il a toujours été là, à mes côtés, pour me soutenir. Enzo comprend mon traumatisme, j'ai toujours en tête ces images dans les saunas qui m'ont choqué.

Le plus important, c'est de se sentir soutenu. Honnêtement, je peux être fier de moi, je suis officiellement guéri de ma dépression au bout de tant d'années. Mon œil a également bien cicatrisé. Annuellement, j'ai un rendez-vous avec un professeur à l'hôpital mais avec le temps je devrais être greffé de la cornée afin de retrouver une vision normale.

J'ai décidé de reprendre contact avec des anciens amis que j'avais perdus avec le temps, notamment avec mon ami cannois chanteur. J'ai su qu'il avait déménagé et était devenu propriétaire pas très loin de chez moi. J'ai eu le plaisir de parler avec sa maman dont je n'avais pas eu de nouvelles depuis une bonne vingtaine d'années. Elle est devenue écrivaine. Rien n'a changé entre nous, c'est comme s'il n'y avait eu aucune coupure.

En me levant, un matin, j'ai eu l'immense surprise de recevoir un message sur mon réseau social de la sœur de Roman après cinq ans de silence. Elle souhaitait prendre de mes nouvelles et surtout reprendre contact avec moi. J'ai senti qu'elle s'en voulait d'avoir coupé les ponts. Ce qui m'a fait plaisir, c'est qu'elle avait conservé nos photos ensembles, elle n'avait rien oublié. La phrase qui m'a tant marquée :

« Maintenant, je suis majeure, je parle à qui je veux ».

Ma plus grande fierté, c'est qu'elle a trouvé l'amour avec un homme très gentil et surtout elle a suivi mes conseils et a réalisé son rêve, elle est devenue policière. Quelle fierté ! Ma petite sœur est devenue une grande dame. Je remercie mon mari d'avoir accepté que je lui reparle. Je n'ai encore pas eu le courage de la revoir. Par contre, elle a annoncé à sa maman qu'elle me reparlait.

J'ai été touché car elle m'a appris le décès de sa mamie et de sa tante, ce sont deux personnes que j'appréciais profondément. C'était normal pour moi de la soutenir ainsi que sa maman. Ma démarche aurait pu être choquante, mais je trouvais ça normal d'envoyer des messages de soutien.

La pandémie de la Covid-19 est passée par là, nous avons été confinés comme tout le monde. C'est forcément un moment marquant, mais notre amour avec Enzo s'est renforcé. Nous avons eu la chance d'habiter dans une petite maison avec une cour. Durant le confinement, nous en profitions pour passer nos journées dehors et pour nous balader avec Néo plusieurs fois par jour. C'est à ce moment-là que nous avons pris conscience qu'il fallait maigrir car cela ne s'est pas arrangé en restant enfermé sans bouger. Nous avons commencé un rééquilibrage alimentaire avec l'aide d'un médecin nutritionniste. Nous avons eu un beau résultat car nous avons perdu une trentaine de kilos chacun. Avec de la volonté et de l'accompagnement tout devient possible.

Mais malheureusement, nous avons eu une série noire. J'ai appris par mon père que ma belle-mère était atteinte d'un cancer. Malgré les nombreux soins, les médecins lui ont annoncé que le crabe prenait de l'ampleur et qu'ils ne pouvaient plus rien faire. Nous avons voulu nous déplacer dans la Drôme pour passer un moment avec elle avant de partir le Sud. Nous avons passé un moment émouvant, car je savais très bien que c'était la dernière fois que je la verrais dans sa maison.

La Covid est passée également par chez nous, nous avons été malades quelques jours et malheureusement, nous avons contaminé ma mère ainsi que mon beau-père lors d'un repas en commun. Pourtant nous avions réalisé un test avant d'y aller et il s'était révélé négatif.

C'est comme ça que j'ai appris qu'il y avait des faux tests négatifs. Ils ont été hospitalisés et mis sous oxygène. Je m'en suis énormément voulu, pendant leurs hospitalisations, j'en ai profité pour jardiner, créer des massifs de fleurs dans leur maison. J'avais envie qu'ils se sentent bien dès leur retour à la maison. À la suite de nombreux examens médicaux, une maladie neurologique a été diagnostiquée chez ma mère. Elle a de plus en plus de grosses pertes de mémoire et j'espère qu'elle ira mieux avec le temps. Les médecins ont décelé à mon beau-père un problème cardiaque. Ils sont tous les deux suivis par des médecins à cause de ce maudit virus.

La série continua, ma grand-mère a été hospitalisée et est décédée quelque temps après. Quelques semaines avant son hospitalisation, elle a souhaité participer au repas familial traditionnel de Pâques. C'était le dernier qu'elle faisait avec nous. Savait-elle qu'elle allait partir ?

Deux jours après, pour clôturer le tout, Enzo a appris que sa mamie avait été transportée dans un hôpital d'une autre ville au service des grands brûlés. Elle descendait de chez elle pour aller promener son chien mais elle n'avait pas vu que la cage d'escalier était en feu. Une personne avait délibérément mis le feu à un canapé. Ce geste a emporté trois personnes innocentes dont sa grand-mère par la suite.

C'est dans ces moments qu'il faut se rappeler que la vie est courte et qu'il faut en profiter tous les jours. Bien entendu, nous nous sommes soutenus pour passer ces moments difficiles. Avec Enzo, je n'ai pas juste trouvé un conjoint, un mari mais un ange gardien. Il a réussi à me soulever malgré ma chute et je lui en serai toujours reconnaissant.

Malgré cela, je suis une personne aux anges. J'ai tout pour être heureux, je m'amuse, je m'éclate et c'est le principal. J'ai compris qu'il ne fallait pas se prendre la tête.

Nous avons la chance d'avoir des amis en or sur qui nous pouvons compter et partager de bons moments.

Depuis quelques années, je me suis rapproché d'une collègue qui est devenue une amie proche. Il y a trois ans, elle m'a appris qu'elle était en train de perdre son mari. Comme elle faisait partie des rares personnes qui prenaient de mes nouvelles pendant ma dépression, j'ai décidé de l'aider à mon tour. C'est à ce moment-là que je lui ai confié que j'arrivais à faire du magnétisme depuis ma rupture avec Roman. Je lui ai donc proposé de lui en faire pour l'aider à surmonter cette épreuve difficile. J'ai eu la chance qu'elle soit réceptive et j'ai pu ainsi l'aider. À son contact, je me suis aperçu qu'elle pouvait aussi faire du bien autour d'elle.

Elle peut être fière d'elle, elle a réussi à remonter la pente aux côtés de ses enfants. Je sais que je peux compter également sur elle, elle me l'a tant prouvé.

Avec le temps, j'ai appris qu'il était important de prendre le contrôle de sa vie. Qu'il fallait arrêter de penser que nous sommes des victimes de circonstances malheureuses. Il faut être reconnaissant de toutes les occasions à saisir. Le plus important, c'est d'être entouré d'une famille aimante et d'amis.

Chapitre 12
La reconnaissance

Le phénix sait de nouveau voler.

À cause de cette dépression, j'ai énormément appris de la vie. Jamais je ne regretterai quoi que ce soit. Si cela était à refaire, je ne ferais pas les mêmes erreurs. Le chemin parcouru a été difficile mais j'ai tenu, j'ai grandi grâce à cet échec. Ce qui a été le plus dur, c'était la sensation de trahison et ne pas savoir ce que l'on pouvait me reprocher.

J'ai forcément fait du mal autour de moi et je m'en excuse. Le principal, c'est que je m'en suis rendu compte et que j'ai voulu changer. Je tenais vraiment à remercier les personnes qui m'ont soutenu. Ce qui m'a aidé le plus, c'était le soutien sans faille de mes amis, de ma famille.

En effet, j'ai perdu énormément de monde mais j'ai eu la chance de retrouver de très belles personnes, je me suis rapproché de certaines avec qui je passe de très bons moments. Je suis devenu une personne plus ouverte aux autres.

Avec le recul, je peux être fier de moi, de mon passé. À mon âge, j'ai vécu de très bons moments. Depuis ma jeunesse, j'ai beaucoup donné, j'ai réalisé de belles choses mais j'ai eu très peu de temps pour moi.

Je suis devenu un autre homme avec des vraies valeurs telles que le respect, l'acceptation de l'autre, la considération, l'entraide, la bienveillance, la fraternité et l'amour envers les autres mais malheureusement il me reste des traces de mon passé : je suis devenu quelqu'un d'instable, de stressé, d'angoissé et je perds très vite confiance en moi. Le plus dur à supporter, c'est de voir des personnes chuchoter devant moi. J'ai toujours l'impression que l'on parle de moi et que l'on me juge et j'ai du mal à l'accepter.

J'ai appris, j'ai compris qu'il fallait profiter du moment présent, la vie est belle mais elle est tellement courte et injuste.

C'est pour cette raison que j'ai décidé de vivre pleinement ma vie.

Aujourd'hui, j'ai largement diminué les animations, mes engagements associatifs. Je n'ai plus la force de m'engager pleinement. J'ai donc pris la décision d'animer une émission de radio qui met en valeur la vie associative du territoire ainsi que l'engagement des bénévoles.

Travaillant dans le milieu scolaire, j'ai souhaité m'engager dans une section spécialisée car au plus profond de moi, j'ai à mon tour envie d'aider les élèves dans le besoin : les aider à prendre confiance en eux, ainsi qu'à se construire. J'ai envie de leur transmettre ce que mon ancien chef d'établissement m'avait apporté. Avec eux, nous mettons en place des actions, des projets avec pour seul objectif : les faire grandir.

Ma plus grande fierté, c'est un élève timide, renfermé sur lui-même avec des difficultés de concentration et de mémoire. Grâce à mon soutien, à mes paroles, ma confiance, mes conseils, il a changé radicalement. Il prend maintenant un immense plaisir à répondre aux journalistes, à faire des interviews filmées pour les réseaux sociaux. J'ai compris que c'était important de donner sa confiance. De jour en jour, je suis tellement fier d'eux, ce sont des élèves extraordinaires, touchants et vraiment doués. C'est un plaisir pour moi de me lever le matin pour être à leurs côtés.

En rejoignant cette équipe, j'ai découvert des personnes extraordinaires. Je m'y sens tellement bien. C'est la première fois que je vois des personnes à l'écoute, proches des élèves, qui enseignent une matière avec amour. Elles donnent toute leur énergie pour faire grandir l'élève. De la responsable aux professeurs, ils peuvent être fiers d'eux car ils font le plus beau métier du monde. Étant plus jeune, j'aurais tant aimé les avoir à mes côtés. Le plus surprenant, c'est qu'ils ne comptent pas leurs heures. Grâce à cette équipe d'exception, aux élèves, je suis quelqu'un d'épanoui, je me sens vraiment utile dans mon travail.

Je suis tellement ému de voir les élèves s'épanouir. En travaillant avec eux, j'apprends de jour en jour. Je leur serai toujours reconnaissant. Dès la première journée, la responsable m'a donné carte blanche, elle a totalement eu confiance en moi et je la remercie du fond du cœur. Elle est tellement admirable.

En proposant des projets, j'ai découvert une enseignante aussi motivée que moi. Nous sommes sur la même longueur d'onde, elle est hyperactive exactement comme moi. Depuis ce jour, nous travaillons main dans la main. Avec les enseignants spécialisés, nos objectifs, c'est de mettre en valeur nos jeunes et de proposer des activités qui sortent de l'ordinaire. Quel plaisir de travailler à leurs côtés !

J'ai la chance également de travailler au côté de l'infirmière scolaire. Une personne accessible, extraordinaire, motivée comme moi. Nous avons les mêmes idées, c'est vraiment surprenant. Nous avons tellement de projets à mettre en place pour sensibiliser sur des maladies ou pour le bien-être des enfants. Nous avons eu la fierté d'avoir organisé en moins d'une semaine une manifestation avec plus de neuf cents personnes au profit du cancer du sein. C'était un moment émouvant suivi par la presse. C'était notre première victoire.

Le but de nos projets, c'est de mettre des étoiles dans les yeux des personnes, et porter un message de bienveillance, d'estime de soi et de l'autre. Sur tous les dossiers, nous travaillons autour de la bienveillance.

C'est la suite logique d'aider les autres. C'est devenu ma richesse.

La rencontre avec l'infirmière fut vraiment bénéfique pour moi. J'ai découvert une collègue mais avant tout je me suis fait une nouvelle amie sur qui je peux énormément compter. J'aime tellement les personnes honnêtes, sincères et simples.

Dès que le temps me le permet, je vais entretenir la maison de ma mère afin qu'elle puisse se reposer dans sa demeure. Elle a tant fait pour nous, pour moi, que je dois à mon tour être à ses côtés. Quand j'étais au plus bas, elle était là pour prendre soin de moi.

Chaque personne est différente, chaque personne est unique, nous n'agissons pas tous de la même façon. Il y a des personnes qui réussissent à se relever d'une séparation rapidement, d'autres comme moi, qui ont besoin de plus de temps. La dépression est une maladie, alors si des personnes souffrent autour de vous, aidez-les, ne fuyez pas. Je vous rassure, ce n'est pas contagieux.

C'est une chance inouïe d'avoir connu énormément de personnes, du SDF au ministre. Je suis sensible à chaque personne.

J'ai du mal à accepter l'injustice, pourquoi tant de personnes souffrent, pourquoi des enfants sont atteints de maladies incurables, pourquoi existe-t-il des personnes vivant dans la rue ? Moi seul, je ne pourrai pas changer le monde, mais si chacun d'entre nous pouvait donner un peu de son temps pour aider les autres, le monde serait plus beau.

J'ai compris énormément de choses, malgré les quelques années perdues, je suis redevenu moi-même avec mes propres valeurs et j'en suis tellement fier. Il y a un truc que je déteste toujours autant, ce sont les personnes qui perdent leurs temps à critiquer, les personnes économes et ceux qui ne pensent qu'à l'argent… Pour moi, la plus belle richesse, c'est celle qui vient du cœur.

Si j'ai voulu écrire ce roman, ce n'était pas pour jouer la victime car il y a pire comme situation, c'est tout simplement pour montrer qu'il y a toujours moyen de se relever, de grandir.

Je suis totalement reconnaissant envers mes parents : l'homme que je suis, c'est grâce à leur éducation.

L'alcool, le tabac, les antidépresseurs ne sont pas une solution. La seule chose pour s'en sortir, c'est l'écoute, l'amitié et l'amour de ses proches. Et encore une fois, je ne regretterai jamais rien, c'est une belle expérience de la vie. Toutes les personnes que j'ai rencontrées dans ma vie m'ont tellement apporté.

Il faut savoir pardonner à toutes les personnes qui vous ont fait souffrir, c'est tellement important.

Si demain, mes ex ou mes anciens amis devaient revenir vers moi, je les accueillerais les bras grands ouverts, en oubliant le passé, et une amitié pourrait voir le jour.

Profitez de la vie, profitez du moment présent… La vie est belle mais trop courte.

Malheureusement ma belle-mère est décédée, elle est partie se reposer et rejoindre ses parents. Elle a énormément souffert. Vers la fin, elle était hospitalisée dans un centre palliatif. Mon père l'a accompagnée jusqu'à la fin. Je n'ai malheureusement pas pu assister aux obsèques car mon mari a été testé positif une seconde fois en quelques mois et j'avais également des symptômes.

Honnêtement, je suis fier de ma vie, même si, malheureusement, je n'ai pas réussi à réaliser mes rêves en devenant présentateur de TV ou chroniqueur. Le principal, c'est que je fasse briller les yeux de mon entourage.

Je ne mentirai jamais sur mes sentiments, mes émotions, je n'ai qu'une seule vie alors je n'ai pas le temps d'avoir des ennemis. Mon seul objectif, c'est d'être moi-même.

Imprimé en France
Achevé d'imprimer en août 2022
Dépôt légal : juillet 2022

Pour

Le Lys Bleu Éditions
40, rue du Louvre
75001 Paris